Fan
ファン文庫

緑の箱庭レストラン

初恋の蕾と再会のペペロンチーノ

著　編乃肌

マイナビ出版

CONTENTS

緑の箱庭レストラン

Green house restaurant

初恋の蕾と再会のペペロンチーノ

Amino Hada
編乃肌

プロローグ

「へ……森？」

パチパチと、少女は瞬《まばた》きを繰り返す。

ここ最近続く空腹に耐えながら、ご近所の住宅街をフラフラと歩いていたはずが、気付けば目の前には緑いっぱいの森が広がっていた。驚くのは当然だ。

空腹のせいで幻でも見ているのかと、また瞬きをひとつ。

「……あ、違う。誰かのお家だ」

どうやら森だと思ったものは、人様《ひとさま》の家の庭だったらしい。鉄柵に囲まれた広い敷地に、様々な木や草や花が息づく様に圧倒されてしまったが、うっそうとした森とは違って、ちゃんと人の手で整えられていることがわかる。

よく見れば庭を抜けた奥には、三角屋根の小さな家もあった。

緑の中で佇《たたず》む様は、まるで絵本の一ページのようだ。

どちらにせよ現実味に欠けていて、隔てられた特別な世界に感じてしまう。あちら側にいるだけで、憂《うれ》い事も忘れてしまいそうな……。

「……いいな」

惹《ひ》かれて、少女はまだ小学生らしい幼い手を門に触れさせる。

瞬間——クラリと目眩《めまい》がした。

(あ、ダメだ)

思い出したように、空腹が体の不調となって襲ってくる。ガシャンッと派手な音を立てて、少女は両開きの門にもたれかかった。

すぐに体を起こそうとするが、いっこうに動けない。

これはマズイやつだと危険信号が点滅する。

(こんなことなら家でおとなしく、お昼ご飯を食べていればよかったんだ……あのまずいご飯……)

しかしそんな後悔に反して、その『まずいご飯』を想像すると、視界は余計にグルグルと回った。春の温かい日差しも、今は意識を蝕《むしば》む毒と化している。

少し頼りない父の顔が、まるで走馬灯のように浮かんだ。

死の前兆。

このままでは本格的に行き倒れコースだ。

「あのさ、君……大丈夫?」

「へ」

片側の門が中から開いて、頭上から声が降ってきた。

耳通りのいい声。

少女が顔を上げると、少女より五つか六つ年上の、高校生くらいの男の子が立っていた。

（わぁ、カッコいい人……）

顔立ちは甘く整っていて、身長も高くスタイルがいい。隅から隅まで、神様の手入れが行き届いているような美男子に、つい見惚《みと》れてしまう。

彼はサラリとした黒髪を揺らしながら、もう一度「ねえ、大丈夫？」と少女に問うた。

ハッと正気に戻って、少女はあわあわと慌てる。

「あ、あのあのあの、ごめんなさっ、怪しい者じゃ……！」

「いいよ、落ち着いて。具合悪いの？」

「ぐ、ぐあい……えっと」

ぐううううう。

どう説明したものか悩んでいるうちに、口より先にお腹が答えてしまった。恥ずかしさで顔を真っ赤にする少女に対し、男の子はきょとんと瞬きをする。

「……なんだ、お腹空いているのか」

「そ、そうです……ごめんなさい」

「謝る必要ないよ。お腹が空いたらお腹が鳴る、普通のことでしょ？　そうだな……よかったら、うちで食べていく？」

「うちで……？」

「そう、うちにおいで。俺が美味《おい》しいもの作ってあげる」

男の子は門を押しながら、もう片手を少女に差し出す。

王子様にダンスにでも誘われているような錯覚を、少女は覚えた。男の子の背後に見える家が、さながら異国のお城に早変わりする。

王子様と、森にそびえ立つ小さなお城。

「彼は敵国から身を隠すために、密かにここに住んでいて……」

「メルヘンで面白いな」

妄想は声に出していたようで、男の子におかしそうに笑われてしまう。笑顔は存外無邪気で、少女のお腹と同時に、今度は心臓も鳴った。

ぐうぐう、ドキドキ。

もうこの世にいない母親が脳内で、「知らない人から食べ物もらったり、家についていて行ったりしちゃダメよ！」と怒ってきたが、目の前の誘惑には逆らえず、少女は男の子の手を取った。そのまま優しい力で引っ張られる。

「まあでも、ここは俺にとって『城』というよりは『箱庭』かな」

「箱の庭……？　そういう名前のお庭なの？」

「んー……そういう意味じゃないけど、説明面倒だしいいや。それよりほら、足元に気をつけて。俺の手もしっかり握って。油断したらまた倒れるよ」

「う、うん」

ぎゅっと繋《つな》ぎ直される手を、少女も言われたとおりに握り返した。

春の風がふたりの間を吹き抜けて、緑の香りをあたりに満たしていく。

――これが、少女こと土間《どま》みどりの、振り返れば黒歴史とも取れる、〝初恋の人〟との出会いだった。

一皿　再会と春キャベツのペペロンチーノ

『ねえねえ！』

『昨日、例の先輩とお試しデート行ったんだよね？』

『どうだった？　付き合えそう？』

『もう告白とかされちゃった⁉』

『おーい、結果教えてよ』

『寝てるなら起きろー！　返信しろー！』

ポコンポコンとうるさい通知の音に、みどりは安いパイプベッドの上で仕方なく目を開けた。手探りで枕元のスマホを摑《つか》み、先に時刻を確認する。

土曜日の午前九時過ぎ。

普段ならとっくに活動を始めている時間だが、大学もバイトもない今日のような日は、もう少し寝ていたいのが本音だ。特に昨日はいろいろあって疲れたので、まだまだ寝足りない。

だけど諦めない友人の性格は理解しているので、まだぼんやりした頭で、睡眠より返信を優先する。

「ええっと……『普通にダメだったよ。私がやらかして引かれて終わった』」

そうメッセージアプリへと打ち込めば、秒で既読になる。

『なんでなんで⁉』

『引かれたってなにしたわけ？』

『話聞いているだけでも相手、絶対みどりのこと好きだったじゃん』

『みどりだって、珍しくノリ気だったのに……』

『説明求む！』

もはや電話したほうが早い気もするが、大学で同じ経済学部に属する友人は、今日は補講があると言っていた。

察するに、講義中に隠れてスマホを弄《いじ》っているのだろう。

呆れつつも、みどりはありのままを説明する。

『だって、先輩が連れていってくれた駅前のレストランに、珍しい観葉植物が置いてあったから……あんな芸術的な曲がりのツピダンサス、なかなかないよ⁉　興奮して喋《しゃべ》り倒したら、「おとなしい子だと思っていたのに、変わっているんだね」って苦笑いされて、そのあとずっとぎこちなかった……。もう開き直って、ツピダンサスの写真だけ撮ってきたよ。見てこれ！　素敵じゃない⁉』

くねくねと個性的な曲線を描く幹に、傘を広げたような葉を持つ大鉢の植物の写真を、みどりはメッセージに添える。我ながら上手く撮れていると思う。

『ツピダンサス』はその葉の形から別名『アンブレラツリー』とも呼ばれ、インテリアにおいて人気の観葉植物だ。日当たりがよい場所だとぐんぐん育ち、人や家を守る『幸福の木』などとも言われている。

それらの概要も友人に早打ちで送ったら『出た、みどりのヲタクっぷり』『ウケる』『先輩ってそっちの一面知らなかったんだね！』と、画面越しに笑われた。

——今年の春に成人したばかりのみどりは、近隣の私立大学に通う二年生。

どんぐり目が愛嬌《あいきょう》はあるものの地味顔で、これといって目立つ特徴はなし。誇れる特技も経歴もなく、性格は隅っこを愛する日陰属。基本的に人付き合いにおいては控え目であり、なるほど〝おとなしい子〟という印象が第一に来るだろう。

しかしながら……そんなみどりには、〝重度の植物ヲタク〟という一面があった。

特に現在ブームなのは観葉植物だが、花屋で売られている花から庭木、道端の雑草にハーブ類など、知れば知るほど興味は尽きず、知識は増えるばかり。

加えて、琴線《きんせん》に触れる植物を前にすると、周りが見えなくなる悪癖《あくへき》持ちだ。スイッチが入って、誰彼問わずマシンガントークをかましてしまう。

今回もその悪癖が働いたわけである。

大学一年の夏から始めている弁当屋のアルバイト。そこで知り合ったひとつ上の先輩は、いかにも好青年といった感じで、右も左もわからないみどりに初対面から親切にしてくれた。

一見するとみどりが好みのタイプだったから……という下心はあったにしても、良好な関係だったのだ。

みどりだって、恋愛方面の感情は一切なくとも、お世話になっていて好感度は高かったから、熱心な誘いに応じてプライベートで初めて食事に行った。奥手なみどりにとっては、男性とふたりきりというのも初めての経験だった。

（小学生の時のアレを除けばね）

脳内で風にそよぐ緑を背景に、見惚れるほど綺麗な男の子が微笑《ほほえ》む。

みどり、と優しく名前を呼ぶ声。

甘酸っぱい初恋の記憶。

彼との出会いが、植物ヲタクに目覚めたきっかけでもあり、みどりの恋愛回路をそこで止めたのも彼だ。

(今頃なにしているのかな……)

しばし思い出にぽんやり浸っていたが、ふと気付く。

『そうだ……今日はバイトが休みだったからいいけど、明日は先輩とシフト被《かぶ》っていたんだった』

また気まずい空気になったらと、一気に憂鬱《ゆううつ》になる。

こういう人間関係の面倒臭さを感じる度、森の奥でそっと植物にだけ囲まれて暮らしたいと、みどりは切実に願う。ただの現実逃避だ。

対して、友人の返答は軽い。

『何事もなく接するしかなくない?』

『そこまで気にすることないでしょ!』

『それかいっそ、辞めて新しいバイト先探すとか!』

『私、可愛い制服でホテルのフロントとかやりたいなー』

『あ、ヤバ。カトセンこっち睨んでる』

『またあとで!』

カトセンは経済学の教授で、ただでさえ不真面目な友人は目をつけられていたはずだ。

やっぱり講義中だったらしい。

長文を送りがちなみどりに反し、思うまま短文を送ってくる友人のメッセージはそこで途絶えた。

だけど呑気《のんき》な彼女の文面を見返していると、みどりの憂鬱も少しは癒《い》える。

(もともと来月が契約更新日だし、確かに新しいバイトを探すのもあり……かもね)

まだ更新日まで日はあるので、おいおい考えることにした。

スマホを放り、ぐっと手足を伸ばす。

『……起きるか」

シーツの上から抜け出して、ベッドボードにあった眼鏡をかける。コンタクトは入れるのが怖くて、長らくこの野暮ったい黒縁眼鏡を愛用中だ。

視界良好になったら一番に、カーテンを開けて外の光を取り込む。

「わあ、いいお天気」

ベッドとは反対側の窓の外は、温かい春の日差しにあふれていた。

近所に咲く桜の香りが、こちらまで流れて届いてきそうな、よきお花見日和《びより》だ。

「さて次は……みんなの様子をチェックしなきゃね」

『みんな』とは、みどりが育てている観葉植物たちのこと。

植物ヲタクの彼女の部屋は、さぞかし緑だらけ……と思いきや、あちこちに配置されたそれらは、今のところ数えるほどしかない。

ベランダもないアパートの手狭なワンルームでは、大鉢のものは育てにくいし、週三のバイトで実家から仕送りをもらっている身なので、そう新しくホイホイ購入もできないのだ。一度買いだすと歯止めが利かなくなるから、自制しているところもある。

それでもこの部屋で、愛する植物たちと過ごすことが、みどりにとっては一番落ち着く時間と言えた。

「温かくなってきたし、モンちゃんにはたっぷり水あげとくかあ。ああ、今日も鋭い切れ込みが素敵……」

うっとりした顔で、四隅の棚に置いた植物に話しかける。

葉の切れ込みが大胆な『モンステラ』は、観葉植物の中でも定番で、みどりが一等長く大事にしている子だ。大きくも育つが、モンちゃんは『ミニマ』という小型種。その特徴的な葉はアロハシャツのモチーフにも使われている。

また観葉植物にも花言葉はあり、モンステラは『嬉しい便り』。

みどりも密かに、いつかモンちゃんが持ってきてくれる便りを楽しみにしている。

「ん？」

水やりがひと段落したところで、今度はスマホが着信を告げた。講義を終えた友人がかけてきたのかと思えば、意外な人物で目を丸くする。

「日下部《くさかべ》さん……？」

実家のほうで雇用中の、家事代行サービスから来ている家政婦さんだ。

ふくよかな体つきの中年女性で、みどりが中学生の頃から長らく、父子家庭である土問家の生活を支えてくれている。もはや家族の一員と言ってもいい。

だけどこんな急に電話をかけてくるなど滅多になく、みどりはなんだか嫌な予感がした。

嬉しい便りどころか、不吉な便りが寄越される予感。

それは見事に的中する。

「もしもし、日下部さんどうした……」

「大変なのよ、みどりちゃん！　林太郎《りんたろう》さんが……あなたのお父さんが、倒れて病院に運ばれたの！」

電話を受けてすぐさま、みどりは父が搬送された病院に直行した。父は家の玄関で倒れていたらしく、海外旅行で二週間ほど家政婦業をお休みしていた日下部が、久々に顔を出したところで発見し、救急車を呼んでくれたのだ。

街一番の大きな総合病院は、みどりの実家から徒歩でも十分ほど。

もともと一人暮らし中のアパートから実家までも、バス一本で二十分もかからない距離だ。

その一時間にも満たない移動時間が、みどりには永遠のように長く感じた。

（もし深刻な病気だったら……！）

小五の冬、脳血管疾患で母が突然死した時の恐怖が、鮮明にフラッシュバックする。

不安で不安でたまらず、父の無事を祈るばかりだった。

だから……。


「あれ？　みどりもこんな早く来てくれたのか。いやあ、悪いなあ」

……そう、入院着姿で点滴を受けながらも、のほほんと笑った父を前に、みどりは一気に脱力した。

父の診断結果は病気でもなんでもなく、過労と不摂生による栄養不足。

日下部のいない二週間が運悪く仕事の繁忙期と重なり、最低限の食事と睡眠で根を詰めすぎた結果、ぶっ倒れただけであった。

みどりの父・土間林太郎は、御年四十一。

大手電気会社で営業課長を務めており、高給取りな上、仕事では文句なしの〝デキる男〟だ。亡き母とは職場結婚だったのだが、「仕事中の林太郎さんは本当にカッコいいのよ」と、幼いみどりは嫌になるほど惚気《のろけ》られた。ふたりは近所でも有名なおしどり夫婦でもあった。

しかし、そんな林太郎の素はおっとりしていて、仕事以外ではわりとポンコツな面が目立つ。

生活力がなく、とりわけ料理は壊滅的だ。みどりも父似の腕前で、弁当屋のバイトはまかない狙いで選んだくらいなのでお察しだが、父のほうが救いようがない。そんなところも、母からすれば「ギャップが可愛い」と言っていたが……。

それゆえ、みどりは大学進学を機に一人暮らしを考えた時、父をひとりにすることに最後まで懸念があった。

いくら日下部を雇っているとはいえ、彼女が実家に来るのは週に三回。

娘の監視なくして、父はまともな生活ができるのか？

一人暮らしに憧れてはいたが、本当に大丈夫なの……と、何度も父に問いかけた。対して当の父は、「僕のことは気にせず、仕送りもするからみどりは挑戦したいことをすればいいよ」と背を押してくれた。

（いい父親ではあるんだ、抜けているけど）

だが案の定の入院なので、娘の雷が落ちるのは仕方ない。

退院は三日後にできるそうだが、父は退院したらすぐ仕事に復帰するつもりだという。繁忙期も終わって、会社の上層部から「土間くんはゆっくり休めばいいよ……」と気遣われているにもかかわらず、働きたいというワーカホリックっぷりだ。

母を亡くしてからその兆候《ちょうこう》はあったが、ここで顕著《けんちょ》になってしまった。

（このままだとどうせまた、同じことが起きるよね）

そう考えたみどりは、しばらく週の半分を実家で過ごすことに決めた。どうせ大学は実家からも通えるし、アパートと行き来しても問題はない。

父がちゃんと反省するまで小うるさくするつもりだ。

「ああ、もうこんな時間……ちょうどいいバスあるかな」

今後のことを話し合い、やれ手続きだ入院準備だと忙しくしていたら、病院から出る頃にはお昼をとっくに回っていた。

バス停を目指して、疲れた足取りで住宅街を歩く。

どこからか桜の花びらがヒラリと降ってきて、地面にピンクの模様をつけた。春を感じて、ホッとすると同時にお腹が空いてくる。

朝からなにも食べずにバタバタしていたのだから、いい加減美味しいものを胃に入れたいところだ。

帰ったところで、あるのはカップ焼きそばくらいだけど。

(たまには贅沢《ぜいたく》に外食でもいいかも。でもこのへんにお店なんてあったっけ？)

大通りに出ればラーメン屋とハンバーガーショップはあったが、そういう気分でもない。

小学生の時に食べて以来の、オシャレだけど気取ってなくて、凝っているけど手作り感もあって、大好きな自然の味も楽しめる、〝彼〟の料理が恋しくなる。

「そういえば、あそこの角を曲がったら……」

みどりは恋しさのまま、バス停とは違う方向に歩みを進めた。

わけあって七年も足が遠退《とおの》いていたが、道はバッチリ覚えている。

「あった……！」

住宅街を外れたところに、パッと現れた緑あふれる空間。

鉄柵の向こうは、様々な植物が調和する大きな庭が広がっている。門のそばに植えられたオリーブの木など、堂々たる存在感だ。

反して奥に建つ二階建ての家は、庭に比べるとサイズが小さい。水色の三角屋根に、ハチミツ色の壁。側面には鳥かごのような見た目の、ガラスでできた温室らしき建物も取り付けてあり、外観に趣を添えていた。

どれもこれも、みどりが通っていた時と変わらない。

王子様が隠れていそうだなんて、子供らしい夢を馳《は》せたままだ。

(荒れ放題なことも覚悟していたのに……!)

みどりの思い出の中の住人は、もうここにはいないはずだが、誰か住んでいるのだろうか?

七年の間に新しい人が買い取って、手入れをしてくれているのかもしれない。

(もしかして、家の裏の菜園やハーブ園もそのまま? これでここに彼もいたら完璧だなあ……このお庭は、これ以上ないくらいに完璧だけど!)

植物ヲタクとしても興奮を隠せずにいると、遅れて足元に目が行く。

門の前には木製の立て看板が置かれていた。

「え……『箱庭レストラン』?」

なんと、知らぬ間にここはレストランになっていたのか。

看板には店名と、『営業中です。門の先へお進みください』との文字が、白いペンキでポップに綴《つづ》られていた。

他にも下のほうに注意書だろうか、貼り紙がしてあったが、みどりは目を通す前に門の向こうへと踏み込む。

（このお庭に合法的に入れるなんて……！）

……と、貼り紙どころではないくらい、テンションが上がってしまっていた。

ついでにご飯にありつけるなんて最高だ。

「アオダモ、ヒメシャラ、ソヨゴ……どの庭木も立派だなあ。緑に交じるオレンジのヒューケラや、紫のアジュガも素敵！　カラーリーフはアクセントにいいよね！　あっ、待って！　こっちの低木はプリペット？　斑《まだら》模様の葉が綺麗！　洋風のお庭に映える！推せる……！」

記憶にある植物もあれば、ニューフェイスな植物もあり、ヲタクモードのみどりは周囲を見回しながら独り言を垂れ流す。このモードに限り、話しかける相手は空気でいいのだ。

地面に敷かれたレンガの小道を辿《たど》れば、ほどなくして家の玄関へと着いた。

テラコッタ製のハリネズミの置物が、ウェルカムボードを持ってドア横にちょこんと座っている。

可愛いなあ……と微笑ましく見て、みどりは取っ手を引いた。

カランカランと、ドアベルが涼やかに鳴る。

「おおっ……！」

中はしっかりと、お店の形として改装されていた。

七年前とは様変わりしている。

こぢんまりとはしているものの、天井が吹き抜けになっているためか狭さは感じず、席はホールの真ん中に、四人掛けのテーブルセットがひとつ。あとは右奥の、キッチンが見えるカウンター前に、木製の椅子がふたつだけ。大人数で騒ぐよりも、一組一組を丁寧にもてなすスタイルのようだ。

左奥にはアンティークな螺旋《らせん》階段が、くるくるとツルのように伸びているが、侵入禁止で二階席もない。

そう……ツルといえば、みどりが感嘆の声をあげた理由は、店内のあちこちに飾られている観葉植物にあった。

一際目立つのは、テーブルの横を陣取る大鉢のパキラ。優に二メートルはあり、三つ編みに絡んだ幹が華やかだ。他にも壁際や棚、階段の一段一段にまで大小様々な植物が並び、二階の柵からも吊《つ》り下がっている。

庭もさることながら、店内も緑だらけ。

まるで植物園の中でレストランを開いたような有様に、みどりの目はますます輝く。いるだけでマイナスイオンがすごい。

「ここがユートピア……！」

他にお客がいないのをいいことに、バカな感想を漏《も》らしていたら、キッチンから背の高い青年が「あれ、お客様ですか？」とひょっこり出てきた。

（ひえっ、イケメン）

歳は二十代半ば。

黒いコックコートと、明るいベージュのソムリエエプロンが、彼のスラリとした全身をより引き締めている。

艶《つや》のあるダークブラウンの髪は横が少し長く、女子が嫉妬《しっと》するキューティクルだ。顔も目鼻立ちが整っていて甘く、大人の色気と人好きのする愛嬌が同居していて、その絶妙なバランスがひどく魅力的だった。

（まさに、神様の手入れが行き届いている美男子……って、あれ？　こんな感想、前にも抱いたような……？）

目の前まで来た青年を、みどりはまじまじと眼鏡越しに凝視する。また相手も、なぜか無言になってみどりを見つめていた。

やがて同時に「あ」と口を開く。

「まさか、実咲《みさき》くん……？」

「……やっぱり、みどり？」

名前を呼ばれて、みどりは確信した。

彼は六条《ろくじょう》実咲――幼い時、ひょんな出会いからこの家でよく交流していた、まぎれもなくみどりの〝初恋の人〟だ。

「な、なんで実咲くんがここに……引っ越したんじゃないの？　どうしてレストランなんて……わぷっ！」

「ねえ、本当？　本当にみどり？　よく似たニセモノじゃなく？」

「ふへっ⁉　ちょっ、ちょっと、実咲くん⁉」

あの頃より成長した大きな手のひらに、みどりの両頬は包み込まれ、イタズラにむにむにと弄られる。

ニセモノを疑うとは、実咲のほうもなかなか混乱しているらしい。

「眼鏡落ちる！　ズレて落ちるから！」

「そうだ、眼鏡を取って顔をよく見せてよ。昔はそんなのしていなかったよね？　ちゃんと顔見たい」

「い、いいけど……」

請《こ》われるまま外してみれば、実咲も「ああ、間違いないな」と確信を持ったようで、表情がふわりと綻んだ。

笑うとあどけなくなるところは、昔と一緒だ。

ただでさえ美形というステータスに、〝初恋〟という強力な補正もかかって、みどりの顔は一気に熱くなる。

「会いたかったよ、みどり」

オマケにそんなことを囁《ささや》かれたら、キャパシティオーバーだ。

「わ、私も会いたかった、けども！　それより、あの！　詳しく説明を……っ！」

赤い顔をごまかすために、わざと声を張り上げたところだった。

ぐうううう。

……いつぞやのように、けたたましくみどりのお腹が鳴った。黒歴史の再来である。

実咲はきょとんとしたのち、せきをきったように笑いだす。

「あっはは！　みどり、変わってないね！　最高！」

「わ、笑わないでよぉ！　お腹空いていたんだから！」

「別に腹のサイレンのことはいいんだよ。お腹が空いたらお腹が鳴る、普通のことでしょ？」

　それもまた、みどりにとってはずいぶんと懐かしい台詞《せりふ》だ。

「そっちじゃなくてさ。みどりがみどりのままだったのが、俺は嬉しくて笑えちゃって。

さっきもユートピアとか言っていたし」

「あれも聞いていたの⁉」

「筒抜けだったよ。植物好きも相変わらずなんだね」

　そもそもみどりが植物好きになったきっかけも、目の前で笑いを噛み殺す彼と、この家が発端なのだが、あまりにも成長がないように言われるとムッとする。

「私だってもう二十歳だよ？　あの頃より大人になったんだから！」

　みどりの主張を聞いて、そばにあったベンジャミンの葉がせせら笑った……気がするのは、おそらく被害妄想だろうが。

(そりゃさ、六歳も上の実咲くんからしたら、私は妹みたいなものだろうけど！　実際に昔もそんな扱いだったよね)

　それがむず痒《がゆ》くもあり、歯痒くもあった複雑な乙女心だ。

「ははっ、そっか。もう七年経っているもんな。みどりだって立派なレディか。……それじゃあ、お嬢さん。積もる話はあとにして、まずは食事にしませんか？　特別席に案内してあげるよ」

恭《うやうや》しく腰を折る所作も、実咲は様になっていた。それだけで許せてしまうのだから、美形はズルいとみどりは思う。

それにしても〝特別席〟とは。

ここ以外にも席があるのかと首を傾げる。

「あの頃も案内したことなかったっけ。こっちだよ、おいで」

手招きされてついていくと、螺旋階段横の壁にドアがあった。開け放たれた先に通じていたのは、ガラス張りの温室だ。

実咲が「『コンサバトリー』っていうんだよ」と、みどりに耳打ちする。

英国が発祥のガーデンルームの一種で、Conserve（保存する）という言葉に由来するとおり、元は冬の寒さから果物を守るために造られたとされる建物だ。そこから発展して、今はガーデニングや住空間としても使われている。

タイプもいろいろあり、ここのはもっとも伝統的なヴィクトリアンスタイル。

外から見たように全体が鳥かごの形に似ていて、多角形の屋根が格式高く優美だ。天井も壁もすべてがガラスなので、春の温かい陽光も惜しみなく降り注がれる。

その陽《ひ》を浴びて佇むのは、またもや多様な植物たち。

そして中央に設けられた白いラウンドテーブルと、アイアン調の猫足チェア。

「すごい素敵だね……なんかこう、お姫様がティータイムを送っていそうで……」

ほう……と、みどりは感嘆の息を吐く。

『お姫様』なんてまた子供っぽい発言だったかなと、内心で少し恥じたが、実咲の前だとどうしても幼い自分が出るようだ。

「こんな空間だったなんてビックリした？　昔はじいちゃんが人を入れたがらなくて、俺も二、三度しか入れなかったからな」

「あ、おじいさん……」

みどりは気遣わしげに実咲を見るも、実咲は変わらぬ飄々《ひょうひょう》とした態度で、猫足チェアをそっと引く。

下手なことも聞けず、みどりはそこにおずおずと腰掛けた。

「とりあえず腹ペコのみどりのために、すぐにできる一品を持ってくるね。ちょっと待っていて」

「う、うん。ありがとう」

エプロンの紐を揺らして、実咲はキッチンのほうへと向かっていった。

ひとりになった途端、実咲との再会で雲のように浮ついていた心が、ようやく地に足をつけてくる。

「本当に実咲くんなんだなあ……」

そばまで伸びてきているエバーフレッシュの木の、涼やかな葉を指先でつつく。

みどりの脳を巡るのは、遠い過去のことだ。

＊　＊　＊

小学六年生のみどりは一時期、常に空腹を抱えていた。

前年の冬に母が亡くなってから、父の林太郎が家事全般をこなすようになったのだが、仕事以外は不器用な彼の料理が味も見た目も酷《ひど》すぎて、慢性的な食欲不振に陥《おちい》っていたのである。

お腹は減っているのに、食欲がわかないという深刻な地獄。

料理上手な妻に頼り切りだったことを、林太郎はいたく反省し、妻の代わりに自分がやらねばと躍起になっており、まだこの頃は日下部も雇っていない。

林太郎もいきなり父子家庭になって、手探りだったのだろう。

みどりも子供ながらに、必死な父に気を遣って文句ひとつ言えず、ついに行き倒れかけた。

そこを助けてくれたのが、当時高校三年生の実咲だ。

「うちにおいで。俺が美味しいもの作ってあげる」

そう手を差し伸べてくれた彼は、家にみどりを招いて、春野菜をふんだんに使った栄養満点のキーマカレーを振る舞ってくれた。「即席だけど」と、一言付け加えて。

まだレストランの様式になっていない、少し洒落《しゃれ》たリビングで食べたキーマカレーは、本当に本当に美味しかった。減退していた食欲は一気に戻り、みどりはお行儀などかなぐり捨てて掻《か》き込んだ。

食べながら泣いた。号泣だった。

「う、うううう！　おいしい、おいしいよっ……！　しあわせ！」

「ははっ、そんなに感動してもらえたなら光栄だけどね。おかわりいる？」

「いる！」

べしょべしょの顔でスプーンを動かすみどりにも、実咲は引きもせず、むしろ嬉しそうにおかわりをよそってくれた。

お手製の料理を他人に食べてもらうのは、久方ぶりなのだそうだ。

「ここは俺のじいちゃんの家でさ。俺は君くらいの歳の頃から、ここでじいちゃんに料理を習ってきたんだ。じいちゃんは若い頃、有名レストランのシェフだったんだよ」

「シェフってカッコいいね……！」

「うん、じいちゃんは俺の憧れ。まあ、引退後はガーデニングにハマってこの現状だけどね。家の裏には菜園もあって、料理にも使ってるんだ。さっきのキーマカレーに入っていた、そら豆とかも採れたてだね。自家製ってやつ」

「そら豆ってお家で育てられるんだ」

「まだまだいろいろあるよ。とにかくなんでも育てているんだ、この家は。ご近所では『緑の家』なんて呼ばれている」

そんな家に『みどり』が引き寄せられたのは、ちょっとした運命なのか。

実咲の祖父は実咲と似たマイペースな人で、親戚やご近所からは〝変わり者〟扱いだそうだが、「子供が腹を空かせているのは見過ごせんなあ」と、見知らぬ子供のみどりにも親切にしてくれた。

そして実咲と口をそろえて、いつでも遊びに来るよう言ってくれたのだ。

「俺、みどりの食べっぷりが気に入ったんだよね。これもなにかの縁だし、試食係になたおいでよ」

「い、いいの……？」

「『緑の家』を、第二の『みどりの家』にしていいよ。待っているから」

……本来なら遠慮すべきところ、その言葉に甘えて、みどりはちょくちょく実咲のもとへと通うようになった。

美味しい食事にありつけるから、というだけでなく、淡い恋心に背を押されて、ただ実咲に会いたかったからだ。

実咲はそれこそ妹のように、みどりを甘やかして可愛がってくれた。

食事のあとには学校の宿題を見てくれることもあり、実咲の説明は正直学校の先生よりわかりやすかった。彼は有名進学校でも一番の成績らしく、『天は人に二物《にぶつ》も三物も与える』と、みどりは間違ったことわざを実感と共に覚えたものだ。

実咲との交流で気持ちに余裕が生まれたおかげで、林太郎の暴走も止められた。

無理にお母さんの代わりにならなくていいと、自分たちに合った家族の形を一緒に考えようと、みどりから林太郎に訴えたのだ。

林太郎は娘の訴えに大感動。

「子供は親の知らぬ間に成長するんだなあ……」と、みどりをぎゅうぎゅうと抱き締め、お互い変な背伸びはしないことに決めた。話し合いの末、週の半分は家政婦さんを雇おうとなったわけだ。

そのことを報告したら、実咲は「よかったじゃん。今度はお父さんも連れて俺の料理を食べに来なよ」と笑ってくれた。

これらのエピソードだけでも、実咲が幼いみどりに与えた影響は計り知れない。

みどりが植物ヲタクになったのだって、実咲とする植物の勉強が楽しかったからだ。実咲に褒められたくて、小学校の図書館で植物図鑑も大量に借りた。

どちらかというと実咲は、実用的に食べられる植物のほうに興味が寄っていて、その他の植物に関しては、いつの間にかみどりのほうが詳しくなっていた。立派なヲタクへの第一歩である。

実咲と『緑の家』で過ごす日々は、キラキラしてふわふわして……みどりにとって、かけがえのないものだった。

〝大好きな実咲くん〟と、ずっとずっと一緒にいたかった。

だけど――〝別れ〟とは突然やって来ることを、みどりは母のことで身をもって知っていたはずなのに、愚かしくも失念していた。

「どうかな？　実咲くん、似合うって言ってくれるかな？」

空腹で行き倒れかけた、とある春の黒歴史から早一年。

みどりは小学校を卒業し、近隣の中学校への入学を間近に控えていた。

この日は新品の制服に袖《そで》を通し、実咲に見せに行くつもりであった。首元には卒業祝いで実咲からもらった、緑のパワーストーンが光るネックレスもつけた。もちろん学校では校則違反になるが、どうしても一緒にお披露目したかった。

あの神々《こうごう》しい笑顔で、「制服もネックレスも似合うね」と、あわよくば「可愛いじゃん」と言ってほしかったのだ。

少し大人に近付いた自分を、妹ではなく女性として意識してくれたら……なんて、ほのかな期待も隠し持っていたりした。

浮かれた足取りで、桜舞う中を『緑の家』へ向かったのだが……。

「ん？」

玄関のレトロなチャイムを押しても、いっこうに反応がなかった。

ここ最近は新生活の準備で忙しく、来るのは二週間ぶりだったが、いつもならすぐに開けてもらえる。たとえ実咲がいなくとも、出かけることの少ない実咲祖父は、これまで大抵が在宅中であったのに……。

「……おじいさんもお留守かな？」

この時点で、みどりは漠然とした不安に襲われていた。

いつもより家を包む空気が寒々しい気がしたのだ。

それでもいないものはどうしようもないので、門のそばに立つオリーブの木に「また来るね」と挨拶をして、しょんぼり敷地を出た。

そこで買い物袋を提げた、近所の奥さまらしき人に遭遇した。

「あら、このお家によく来ていた子よね？　なにかご用？」

「は、はい！　あの、えっと……お家の人、どこかに出かけていたりとか、見かけたり、その……」

「まさか……知らないの？」

「な、なにがですか？」

「このお家のご主人、先日亡くなったみたいなのよ」

「え……」

実咲の祖父が亡くなった？

まさしく寝耳に水だった。

呆《ほう》けるみどりを前に、奥さまはしんみりと続けた。

「お元気そうに見えてもご高齢だったからね。一週間前に病院に運ばれたきり、そのまま……だそうよ。変わった人だったけど、悪い方じゃなかったから私も残念だわ」

なんと返事をしたのか、みどりは覚えていない。

気付いたら自室のベッドの上にいて、ドアの向こうから日下部が「みどりちゃん、大丈夫？　チーズケーキを作っておいたから、あとでおやつに食べてね」と、気遣わしげに声をかけてくれていた。

しかしながらケーキは、胸が詰まって食べられそうになかった。

優しい実咲の祖父が亡くなった事実はショックで、実咲のことも心配だった。

普段は負の感情など表にしない彼だが、みどりが祖父以外の家族について尋ねた時、一度だけ憂い顔をしたことがある。

「家族は母親と……父親もいるし、兄もいるよ。でも俺はここで、じいちゃんやみどりといるほうが楽だし安心するかな」

そう答えた実咲が、家族になにか問題を抱えていることは明白だった。

彼にとっての大切な居場所は、祖父のいるあの『緑の家』だったのだ。祖父の死は、そんな実咲の居場所も奪ったのではないかと思う。

「『箱庭』だって、言っていたよね……」

出会った時、実咲は『緑の家』を自分の『箱庭』だと称した。

みどりはちゃんと単語を辞書で調べて、『箱庭』というのは字面のまま、箱の中にミニチュアの庭を再現するものだと学んだ。

単純に作品として愛でる他、作る過程で人の深層心理がわかるそうで、『箱庭療法』として心の治療にも用いられているという。

ただ実咲の口にした『箱庭』は、そう言った辞書どおりの意味だけではないだろう。もっと彼だけの、大事な意味があるはずだ。

「おじいさん……実咲くん……」

少し泣いて、ベッドで寝落ちしたみどりは、新しい制服を早々にしわくちゃにした。

実咲にお披露目することは、ついぞ叶わなかった。

＊＊＊

（あれから何度かこのお家に様子は見に行ったけど、実咲くんには会えなかったんだよね……）

業者らしき人が、ちょこちょこ『緑の家』に出入りしているのは目撃したが、実咲のことを聞けるはずもない。

やがてみどりも心が折れて、脱け殻の家を逆に避けるようになってしまった。

（空白の間、実咲くんはどうしていたんだろう……）

思えば彼のことをなにも知らない。

ぼんやりと物思いに耽《ふけ》り、いまだ過去から帰って来られないみどりの耳に、カッンッと靴音が鳴る。

顔を上げれば、過去ではなく現在の実咲がトレーを携えて立っていた。

「お待たせ。意識が宇宙にでも飛んでいそうだったけど、帰還した？」

「と……飛んでないよ！」

「それならいいけど。みどりは昔から、マイワールドに入ると心ここにあらずだったから」

そうからかいながらも、実咲はカトラリーケースやコップ、葉っぱの入った透明なピッチャーをテーブルに並べる。

「はい、本日のメイン」

最後に真打《しんうち》登場とばかりに、白い丸皿が置かれた。

ふわっと漂うガーリックのいい匂いが、みどりの鼻腔をくすぐる。

「ペペロンチーノパスタだ！」

「今が旬の春キャベツを使った、ね」

皿の上にこんもり盛られたパスタは、瑞々《みずみず》しい春キャベツと厚切りベーコンを乗せ、赤々とした鷹の爪をあしらった、一目で食欲をそそる一品だった。太めの麺も食べ応えがありそうだ。

「春キャベツは今日の朝、知り合いが主催している野菜市で仕入れたんだよ。鷹の爪は、うちの裏で採れたのを保存しておいたやつ」

「菜園もやっぱりあるんだね……！」

「あとで案内してあげるよ。とりあえずほら、あったかいうちに食べな」

促されて、みどりは木製のフォークを手に取ると、具材もたっぷり絡めてパスタをくるりと巻いた。

パクッと、勢いよく口に含む。

「んんっ……！」

程よくアルデンテに茹《ゆ》でたパスタ麺。そこに春キャベツの甘みと、鷹の爪のピリッとした辛さが絡み、絶妙な味わいを生んでいる。ベーコンのジューシーさも加わって、なんとも贅沢な一皿だった。

それに食べ進めると、カリッとした歯応えがあることにも気付く。

「なんだろう、これ……ナッツ？」

「松の実だよ。中華食材なんだけど、細かく砕いたのを炙《あぶ》って入れると、いいアクセントになるんだ」

言われてみればなるほど、このコクのあるカリカリ感が、柔らかなキャベツと合っている。無限に食べられてしまいそうだ。

それにどこか、親しみ深く懐かしい。

(ああ、実咲くんの料理だ……)

思い出の味が舌から全身に巡る。

このシチュエーションも浸るには最高で、自然光を取り入れたコンサバトリーの中で、大好きな植物に囲まれて食べると、なお格別に感じた。

「ここでずっと食べていたいくらいだよ……って、あの、実咲くん?」

「ん? なに?」

「いや、なにじゃなくてさ。み、見すぎじゃない?」

実咲は下がるわけでもなく、トレーを小脇に抱えたまま、そばでみどりをニコニコと見つめていた。

その笑顔は、数多《あまた》の女性が黄色い声をあげそうなほど眩しいが……正直、みどりとしてはちょっと食べづらい。

「ああ、ごめん。久しぶりに食事中のみどりを見られて、嬉しくなっちゃってさ。俺はみどりが幸せそうに食べる姿、昔から好きだから」

「すっ⁉」

動揺のあまり、喉を鷹の爪が攻撃した。ゴホゴホッと咳き込むみどりに、実咲は即座に、ピッチャーからコップにお水を注いで渡してくれる。

ありがたく飲み干せば、スッと体中を清涼感が過ぎていった。

「ふう、死ぬかと思った……これ、ハーブ入りのお水だね」

「おっ、さすがみどり。なんのハーブか当ててみて」

「ピッチャーの葉っぱから見るに、レモングラスとミント！」

「正解」

パチパチと、実咲から拍手を送られる。

どちらも爽やかな風味付けには最適のハーブだ。これも家の裏で育てたものだろう。

(それにしても、よりによって「好き」って……簡単にそんな言葉を吐いちゃダメだよ、実咲くん)

みどりはお水のおかわりをしながら、上がった心拍数を無理やり落ち着ける。

勘繰るような他意など彼にはきっとないのだろうが、初恋という名の魔物は恐ろしいのだ。

（実咲くんって、今は付き合っている人とか……年齢的に結婚、していてもおかしくはないよね。でも案外おひとり様かも……ううん！　余計な思考は止めよう！）

これ以上下手に惑わされないために、みどりは食事に集中することにした。

黙々とパスタを頬張って、「ごちそうさまでした！」と、満足感と一緒に手を合わせる。

実咲はデザートにと、自家製イチゴのソルベも出してくれた。器に盛られた真っ赤なソルベの上には、リボンのようにちょこんとミントの葉も添えられている。

サッパリとした甘さのソルベでお口直しをしたところで、実咲が「そういえばさ」と話を切り出した。

「みどりは今社会人なの？　大学生？　まだこの辺に住んでいるの？」

「大学生だよ。一人暮らし中だけど、ここからそんなに離れてはないかな。実家に半分帰ることにはなりそうだけど……」

「どういうこと？」

みどりは父が倒れたことから、この『緑の家』に来た経緯まで事細かに伝えた。

実咲は目尻を下げて「大変だったね」といたわってくれ、みどりはお腹も膨れた安心感も相まって、ちょっぴり涙腺が緩んだ。

結果としてなんでもなかったとはいえ、父のことは心から不安だったのだ。

「うん、うん……大変、だったの。それに昨日もね、バイト先の先輩とお試しデート行ったんだけど、植物ヲタクのせいでドン引きされて……」

「……お試しデート？」

ついでとばかりに、みどりが別件での弱音も漏らすと、実咲がピクリと片眉を上げた。心なしか不機嫌になったように見える。

みどりもビックリしたが、実咲もそんな自分にビックリしたようだ。

「急にごめんね。これって兄心かな？　なんか面白くないなって」

「確かに面白くない話だけど……」

「いいよ、聞かせて？　みどりの話ならなんでも聞きたい」

春キャベツよりも甘い声で促されて、みどりは蜜に誘われる虫が如く、気付けば口を開いていた。聞き終えて「器の小さい男だね」と容赦《ようしゃ》なく切り捨てる実咲に、ブッと噴き出してしまう。

「う、器が小さいって……毒舌だね、実咲くん……っ」

「だってそうでしょ？　好きなものに熱中している姿って、俺はいいな素敵だなとしか思わないけど」

「……ありがとう」

実はそちらもまだまだ気に病んでいたので、救われた想いだった。

(実咲くんには助けられてばっかりだ……)

昔も、学校で友達と喧嘩した時や、運動音痴すぎて体育の成績が散々だった時など、実咲には父にも言えない悩みをなんでも聞いてもらっていた。そして美味しいご飯と共に、慰められて元気をもらっていたのだ。

(今さらだけど、なにか恩返しがしたいな……私が彼にできることってないかな)

そのためにも手始めに、みどりは実咲の現状のほうも知りたいと思った。

みどりと疎遠の間にどんなことがあって、どんな考えがあって『緑の家』でレストランなんて始めたのか。

尋ねようとするも、先に実咲が「ああ、そうだ！」と手を打つ。

「バイト、新しいところを探す気もあるんだったよね？」

「う、うん……考えのひとつとしては、まあ……」

「じゃあさ、ここで働いてみない？」

え……と、意外な申し出に、みどりは眼鏡の奥の目を真ん丸にする。

「俺がこの家に来てから、今年で三年？　レストランは開業して二年くらいなんだけど、ずっとスタッフは俺と、癒し枠のマスコットキャラしかいないんだよね」

「マスコットキャラ……？」

「そっちはまた紹介するよ。庭はじいちゃんが懇意にしていた庭師さんに頼んでいるとはいえ、やっぱり俺ひとりじゃ店内の植物の管理も大変だし。そろそろバイトも雇おうか考えていたんだ。みどりなら、そっちも安心して任せられるでしょ？」

期せずして、実咲の現状を多少なりとも知ることができたが、今は返答をどうするかがみどりには重要だった。

いくらなんでも急展開すぎる。

戸惑うみどりに、実咲はまるで楽園でそそのかす蛇のように、甘美な囁きをする。

「給料は弾むし、まかないもつくよ。俺の料理がいくらでも食べられちゃう上に、植物と常に触れ合える職場だけど？」

「うっ……」

あまりにも魅力的な条件と環境。

実家から行き来する分には、今のバイト先よりも通いやすいという利点もある。

(実咲くんのもとで働くなら、恩返しができるチャンス……？)

それになにより……。

チラッと、実咲の綺麗な顔を下から窺う。

(実咲くんとまた一緒にいられる、ってことだよね)

みどりの胸の奥が、トクンと小さく、だけどハッキリ高鳴った。

まだ少し残っているソルベが、悩んでいるうちに溶けて赤い水溜まりになっていく。

エバーフレッシュの枝が、最後の決意を後押しするように微かに揺れた。

「じゃあ……よろしくお願い、します」

「やった!」

パァッと眩しい笑顔を浮かべる実咲が、心の底から喜んでいるようで、それだけでみどりはまたお腹いっぱいになってしまった。

「俺は一度捕まえたら逃がさないからね。前言撤回はナシだよ、みどり?」

そう念を押す実咲に、みどりは「逃げないよ」と苦笑しつつ頷き返す。


——土間みどり、二十歳の春。

初恋の人と再会して、新生活を始めることになりました。

二皿　秘め事と鶏肉のイチゴソースがけ

むせ返るような薔薇の香り。

どこを切り取っても薔薇、薔薇、薔薇……だだっ広いお庭にあるのは、多種多様な薔薇の花ばかりだ。

『緑の家』とはまた違う、ここは『薔薇のお屋敷』と呼ばれていた。

「……というわけなんです。もう僕、ウソをついている罪悪感で死にそうで」

薔薇のお屋敷の西洋風のリビングで、そのくたびれたスーツ姿の壮年の男性は、豪奢なソファに腰掛けて項垂れていた。

沈痛な面持ちで心情を吐露する姿は、教会で神父に懺悔でもしているようだ。だけど対面のソファに座っている相手は、十字架を持つ神父などではなく、車椅子に乗った品のいいご婦人だった。

男性の悩みに対し、婦人は「そうねえ」と頬に手を添える。

「別にあなたはウソをついているわけじゃないでしょう？　ただ本当のことを言っていないだけで」

「それはそうですけど……！　彼女に隠し事があるというだけで、胃がキリキリしてしまって……。これから一緒になるつもりなのに、こんな僕じゃふさわしくないんじゃないかって」

「なら彼女に打ち明けてみればいいわ」

「そんなアッサリ言わないでくださいよ、先生！　それができたら相談になんて来ていません！　本当の僕を知られて、彼女に嫌われるのが怖いんです……！」

「なら打ち明けなければいいわね」

「いや、ですから……ううう」

手厳しい婦人に、男性は弱々しく呻《うめ》いて出されたお茶をすする。薔薇の誉れ高い香りのするお茶だ。

お茶菓子の高級クッキーにはいっこうに手をつけないので、婦人が「食べないのかしら？」と聞くと、男性は「食欲がなくて……」とお腹をさする。

「そのことばかり考えて、なにか食べる気がおきないんです。いっそ彼女に打ち明けるか、打ち明けないか、先生がダメなら神様に決めてほしいくらいで……」

「神様だっていい迷惑だと思うけれど、お腹が空いているのはいけないわね。空腹は人の心を侘《わび》しくさせるわ……そうだ」

婦人は車椅子を動かし、近くのアンティークな飾り棚から、ガラスペンとメモ紙を取り出した。薔薇の意匠が施された紙にサラサラと、住所と電話番号、最後にその店の名前を記す。

「なんですか、これ……『箱庭レストラン』？」

「私のオススメよ。美味しくて、お店の方がとっても素敵なレストランなの。植物好きにもたまらないわ」

「は、はあ……先生、植物お好きですもんね。植物っていうか、薔薇……」

「まずは電話して、予約できるか聞いてごらんなさい。誰かの紹介か聞かれるはずだから、必ず私の名前を出してね」

男性が行くことは一方的に確定のようだ。

戸惑う男性を置き去りにして、婦人は真っ赤な唇を持ち上げる。

「そこに行けば、あなたの悩みも解決するかもしれないわ」

＊　＊　＊

「ああっ！　今日もみんな最高！」

大学のない日曜日。

清々しい朝を迎えたあとの、午前のまだ早い時間。

『緑の家』……今や『箱庭レストラン』の開店前のホールで、みどりは白シャツに黒のスラックス、実咲から支給されたベージュのエプロンを腰に巻き、髪もひとつに縛って、観葉植物たちのチェックを行っていた。

ここでバイトするにあたっての、みどりの重要な仕事のひとつだ。

――みどりが実咲の誘いに乗り、正式にレストランのスタッフになってから、もう一週間とちょっと。

父の林太郎はとっくに退院して、みどりの監視の下、強制的に健康で文化的な生活を送っている。みどりのほうも未練なく弁当屋のバイトは辞めて、今のところ順調に新生活を送れていた。

まさに適材適所の職場。

以前より毎日が充実している。

「葉水《はみず》もちゃんとやっておかないとね」

みどりはエプロンに引っ掛けていた霧吹きで、シュッシュッと植物たちの葉に水を吹き掛けていく。

『葉水』は観葉植物の育て方のひとつで、水を土だけでなく葉にも与えることで、元気を保たせる効果がある。埃《ほこり》などの汚れを取ったり、害虫対策にもなったりするので、こまめにやるのが最適だ。

ひととおり葉の裏にまで吹き掛け終わって、みどりはふうと息をつく。

「あとは……はーちゃんのほうも見てこなきゃっ！」

螺旋階段の上り口にかかったチェーンをまたいで、みどりはトントンと二階へ上がっていく。二階は実咲の居住空間だ。

階段を上り切ってすぐ、正面の部屋に入る。ここはもともと実咲祖父の書斎で、ちなみにその隣の部屋は、現在進行形で実咲が使っている寝室になる。

さすがにそちらには、みどりは今も昔も入ったことはない。

（い、いやいや、実咲くんの寝室なんて、別に今後も入る予定ないけど！）

勝手に妄想して恥ずかしくなりながら、元書斎に踏み込んだ。

古びたデスクと、四方には本がぎっしり詰まった本棚。料理関連のものと植物関連のものが半々で、逆にそれしかなく、なんというか実咲祖父も歪みない。

この部屋にある観葉植物は、本にスペースを取られたせいか、デスクに置かれたテーブルヤシのみ。その名のとおりテーブルに載る小型のヤシで、涼やかな見た目がインテリア向きだ。

だがみどりが『はーちゃん』と呼ぶのはこのヤシのことではなく、モンステラのモンちゃんみたいに、植物につけた変なあだ名ではなかった。

「はーちゃん、みどりだよ」

「キュイッ」

テーブルヤシと並んで置かれている、水槽型のアクリルケージ。

呼びかければ中の小さな住人が、パッと顔を上げた。

トゲトゲの背中に円《つぶ》らな瞳、全体的に丸っこいフォルムの『はーちゃん』は、実咲の愛ハリネズミである。

レストランのお得意様から譲り受けたそうで、「どことなく、みどりに似ているでしょ?」と言われたが、褒められたのかはわからない。『癒し枠のマスコットキャラ』とはこの子のことであり、なるほどその愛くるしさには癒される。

みどりはそっと両手で掬《すく》い上げるように、はーちゃんの体を抱き上げた。

「ご飯は全部食べてあるね。よしよし」

「キュイキュイッ」

「よく食べるよね、はーちゃん。ハリネズミはグルメだって実咲くんに聞いたけど……

もしかして、私と似ているのってそこ？」

「キュイ？」

みどりが首を傾げれば、はーちゃんも同じ向きにコテンと傾げた。

ハリネズミのご飯は主に専用のペットフードがあるが、おやつにミルワームやコオロギなども好む。

虫が苦手な人にはなかなか大変なラインナップだが、植物好きと虫は切っても切り離せないので、みどりはわりとどんな虫でもどんとこいだ。

「ここにいたんだね。そっちの仕事は終わった？」

「あ、実咲くん」

コックコートに着替える前の、Tシャンにチノパンというラフな格好の実咲が、ひょっこりとドアから顔を出す。

甘いマスクは本日も輝かしく、どんな格好でもイケメンはイケメンだ。

（コックコートで決めている時より、ラフな実咲くんはちょっと幼くて……高校生だった頃みたいなんだよね）

不意打ちで相対《あいたい》するとトキメクので困る。

さっきの寝室うんぬんの件もあるので、みどりはほんのり顔を赤らめた。幸いにして気付かれてはいない。

「はーちゃんのことも見てくれたんだね、ありがとう。はーちゃんは本当にみどりに懐いているよな」

「そうかな……？」

「そうだよ。本来は臆病で警戒心の強い生き物なのに。まあ、うちのはーちゃんは人馴れしているけどさ」

実咲と話しながら、はーちゃんをケージに戻す。もとより夜行性の生き物なので、朝は寝る時間帯だ。あまり眠りの邪魔をしてはいけない。

「懐かれているなら嬉しいけど……ところで、実咲くんのそれってイチゴ？　最初にソルベで出してくれた？」

「あっちは四季《しき》なり性のもの。こっちは一季《いっき》なり性だよ。いい感じに実ったんだ」

実咲は網籠を抱えていて、中にはいくつもの赤く熟れたイチゴが、ツヤツヤと宝石のような煌《きら》めきを放っていた。

イチゴには年中収穫可能な『四季なり性』と、一年に一度収穫時期が来る『・季なり性』があるが、これは後者でまさに食べ頃といった感じだ。

「美味しそうだね！」

「一粒食べる？　はい、口開けて」

「へあっ⁉」

長い指先でイチゴを摘まみ、さも当然のように〝あーん〟を仕かけてくる実咲に、みどりは飛び上がる。

実咲は「洗ってあるから大丈夫だよ」と言うが、そういう問題じゃない。

「み、みみみみ実咲くん⁉　自分で食べられるから……！」

「なんで？　昔は俺の手から普通に食べていたじゃん」

「もう子供じゃないってば！」

「それはそうだけど……寂しいな。もう食べてくれないんだね」

密度の高い睫毛《まつげ》を伏せて、しゅんとした顔でイチゴを引っ込めようとする実咲。

うっと、みどりは心臓を撃ち抜かれる。

（そんな反応ズルい……！）

みどりは羞恥心を捨てて、パクッと引っ込みかけたイチゴに食いついた。実咲の指が微かに己の唇に当たったのは、気のせいと思うことにする。

じゅわりと口内を巡るのは、新鮮な果肉の感触と、強烈な甘さ。

「めちゃめちゃ実がしっかりしていて甘い……！　そのまま何個でもイケるやつだ！」

「さすがにそのままじゃ、今日のお客様には出せないけどな」

そう笑う実咲は上機嫌だ。

思えば彼は昔から、みどりに餌付けする時はやけに生き生きとしていた。〝あーん〟をすれば食いつくみどりを、雛鳥《ひなどり》の如く見ていたように思う。

(まさか妹扱い……の前に、ペット扱い？)

自分とはーちゃんは同列なのかもと、些《いささ》かショックを受けつつはーちゃんに視線を送れば、すでにくうくうと寝ていた。

ここは深く考えてはいけないようだ。

「そうそう、今日のお客様はお得意様からの紹介ね。男性が一名様。雨の予報は出ていたけど小雨みたいだし、席はコンサバトリーのほうでいいかな。案内よろしくね」

「あ……う、うん！　了解！」

「さて、なにを作ろうかな」

実咲はイチゴの籠を抱え直して、真剣な顔つきになる。

メニューをさっそく考えているのだろう。

実はこの店は、『完全紹介制&予約制』かつ『料理は基本おまかせ』という、一風変わった方針で営業している。

お客様を厳選した上で、実咲が一番料理を振る舞いやすい運営方法を選んだそうだ。今はスタッフにみどりがいるが、前は実咲ひとりで回していたのだから、無理のない適切な方法かもしれない。

なお初回来店のお客様には、もうひとつおかしな〝ルール〟がある。

みどりの来店時に限っては、紹介も予約もなければそのルールも特に説明さえされず、のんびり春キャベツのパスタを食べていたわけだが……。

そのことについて、あとから実咲に「よかったの？」と尋ねれば、「みどりは特別だから」と返されて、みどりはまたうろたえることになった。

（他意なんてないって、わかってはいるんだけどね……）

初恋の人と働くと、なかなか心臓に負担がでかい。

そう改めて感じ入りながら、みどりは舌に残る甘さを口の中で転がした。


「――いらっしゃいませ、『箱庭レストラン』へようこそ」

「あ……は、はい。あの、遅れてすみません……」

やってきた予約客の男性こと吉田《よしだ》は、くたびれたスーツを身にまとった、いかにも社会に揉《も》まれ中のサラリーマンといった出で立ちだった。

中肉中背。特徴の薄いのっぺり顔で、態度もおどおどしている。

それは彼が謝罪したように、来店が予約時間の十一時から、一時間も大幅に遅れたせいもあるのだろうが……。

「事前にご連絡も頂いていましたし、こちらはなにも問題ありませんよ。急なお仕事とは大変でしたね」

みどりと並んで吉田を出迎えた実咲が、即座にフォローを入れる。みどりもなにか言おうとしたのだが、咄嗟《とっさ》に言葉が追いつかなかった。

(こういうお客様対応はまだまだだな……。植物のお世話ならちょっとは自信あるけど、それ以外でももっと実咲くんの役に立たないと……)

みどりが反省している間にも、実咲は慣れた調子で吉田と会話を続ける。

「お仕事が終わってからそのまま来られたんですか?」

「はい……こんなオシャレなレストランに、着古したスーツ姿でお恥ずかしいです」

「そんなことありませんよ。念のため紹介元は、今井《いまい》誉《ほまれ》様でお間違えありませんか?」

「そ、そうです。誉先生です」

「かしこまりました。お席の希望等がなければ、特別席にご案内しても?」

「どこでも大丈夫です」

小雨が降っているが、コンサバトリーでガラスを叩く雨音を耳に、食事をするのも粋なものだ。

四季の移ろいだけでなく、天候も直に楽しめるのがコンサバトリーの魅力のひとつである。

「それと、当店は初回ご来店のお客様に限り、少し特殊なルールがありまして。なにも難しいことはなく、ひとつ簡単な質問に答えて頂くだけです。よろしければ、吉田様の好きな植物を教えてくださいませんか？」

（あ、本当に聞くんだ）

みどりが働きだしてから、来たのは常連の客ばかりで新規の客は吉田が初めてなので、このルールが発動するところは初見だった。吉田も「ええっと……好きな植物ですか？」とポカンとしている。

なぜレストランに来て、そんな質問をされるのか。

そこには『紹介制』という点が関係しており、要は実咲が新規のお客様をちゃんと記憶するために、好きな植物を聞いてその情報と紐付けしているのだ。

これもまた、彼独自のレストラン運営方法である。

みどりも自分が質問されたらなんと答えるか、何度か考えたことはあったが、あまりに挙げたい植物が多すぎて断念した。

「すみません、僕は詳しくなく……。花も先生のところで見慣れた薔薇くらいしか……ああでも、僕のお付き合いしている女性が、『ハートの木』というのを育てているそうです。観葉植物だったかな？　それは好きというか、ちょっと気にはなって……」

「ハートの木！」

いの一番に、みどりは食いつく。

「トライアンギュラリスですね！　正式名称！」

「と、とら……？」

「彼女さん、チョイスが最高ですね！　トライアンギュラリスは逆三角形の葉っぱがひらひらしていて、それがハートに見えるっていうキュートな観葉植物です！　中鉢くらいで育てやすいんですよ！　小さな実もたくさんなるんですけど、またこれがコロコロしていて可愛いくて……ぜひ見て頂きたい！」

「は、はあ」

完全にヲタクスイッチの入ったみどりの口は、ペラペラと止まらない。眼鏡の奥の瞳は爛々《らんらん》と輝き、興奮して前のめりになっていた。

迫られている吉田は、混乱に混乱を重ねている。

「ただ同じ鉢で育て続けると、根詰まりを起こしてせっかくの葉がダメになっちゃうことがあるんですよね。彼女さん、植え替えのタイミングはご存じですか？　知らなかったらぜひ教えてあげてください！　土もちゃんと替えないと……」

「はいみどり、ストップ」

そこで実咲が、みどりのエプロンの紐をくいっと引いた。小声で「興奮状態のみどりも可愛いけど、お客様が戸惑っているからね」と優しく咎《とが》める。

（可愛いってなに……いや、それよりも！）

ハッと、みどりはようやく我に返った。

次いでやらかしたことを自覚して青ざめる。

「も、申し訳《わけ》ありません……！」

勢いよく深々と、吉田に向かって頭を下げる。

（どうしようどうしよう、恥ずかしい……！　穴があったら、球根とかと一緒に埋めてほしい！）

弁当屋の先輩相手に引かれたことは記憶に新しく、しかも今はお仕事中だ。これでレストランの評価が下がったら、実咲の役に立つ以前の問題である。

（まさかここで悪癖が出るなんて……！）

自己嫌悪でどうにかなってしまいそうだ。

「私、植物のことに目がなくて……本当に本当に申し訳……っ！」

「い、いや、ビックリはしたけど、そこまで謝らなくていいですよ。なんというか、熱意に親近感が湧きました……」

「し……親近感ですか？」

よくわからないが、吉田は気分を害してはいないようで、みどりはホッとする。怒って帰ってしまう……などという、最悪の事態にもならなそうだ。

しかし今後は、仕事中に暴走しないように気を付けようと固く誓った。

「お手間を取らせてしまいましたが、席にご案内致しますね。みどり、あとは頼んだよ」

「う、うん！」

厨房へと向かう実咲に代わり、みどりは二度も連続で失敗しないよう、少し緊張しながら吉田をコンサバトリーまで誘導した。

彼もこんなガラス張りの空間は初めてのようで、「先生の家とはまた違ったすごさだなあ……」と感嘆の声を上げていた。

（誉先生だっけ？　どんな人なんだろう）

みどりとしても一度会ってみたいところだ。レストランのお得意様だというなら、そのうち会える機会があるかもしれない。

しばらくして料理ができたら、トレーに載せて慎重に運ぶ。

本日のおまかせコースはまず前菜に、旬の春野菜であるアスパラをメインにした、『アスパラのケーク・サレ』。

『ケーク・サレ』は、フランス語で『塩味のケーキ』という意味で、ベースの甘くない生地に野菜や肉類を混ぜてオーブンで焼いたデリケーキだ。

実咲作のはアスパラ以外にもタマネギやベーコン、チーズなどを具材にしていて、軽くつまめるのに、栄養もバッチリ取れるところがポイントである。吉田も「おつまみ感覚で食べられますね！」と、サクサク咀嚼《そしゃく》していた。

次いでスープには、大麦入りの小かぶのポタージュ。定番のクルトンではなく、あえてプチプチした大麦の食感を加えることで、とろりとした口どけの中にも、意外な遊び心が足されている。

小かぶと麦の飾り気のない旨味は、仕事で疲労困憊《こんぱい》の吉田の体にも染みたらしい。ほう……と恍惚の息を吐いていた。

どんどん期待値を高め、待ちに待ったメインは……。

「こちらは、『鶏肉のイチゴソースがけ』になります」

「えっ、お肉にイチゴですか……⁉」

みどりが恭《うやうや》しく置いた皿を前に、吉田は純粋に驚いている。

皮までカリッと仕上げた分厚い鶏肉の上に、とろりとかかった茶色いソースの海には、くたくたに煮た赤いイチゴが浮いていた。実咲がみどりに手ずから食べさせた、あのフレッシュなイチゴたちだ。

覚えた料理の説明を、みどりは披露する。

「イチゴとバルサミコ酢を掛け合わせたソースです。このふたつは相性がとてもいいんです。イチゴの甘酸っぱさが、コクのあるバルサミコ酢にバッチリというか……見た目もこのとおり春っぽい彩りで、ええっと、お肉のジューシーさも引き立ててくれます！ぜっ、ぜひ、ソースを絡めて食べてみてください！」

実咲ならもっと説得力を持たせられたところ、みどりのたどたどしい説明では、吉田は半信半疑のようだ。果物を料理に使う感覚があまりないのだろう。酢豚にパイナップルも入れない派かもしれない。

だが一口切り分けて食べた途端、不安顔はたちまち喜色《きしょく》に変わる。

「本当だ……！　このソース、スゴく味が深くて美味しい！　こんなにイチゴがお肉にも合うなんて……！」

「ですよね、合いますよね！」

「はい！　本当に美味しいです！」

いたく感動したらしい吉田は、スーツの袖にソースが飛ぶのではないかというほどの勢いで、忙《せわ》しなくフォークを口に運ぶ。

鶏肉はボリュームもあるはずなのに、あっという間に平らげてしまった。

「ご馳走さまでした。いやあ、ここ最近ずっと食欲がなかったんですけど、こんなにちゃんと食べられたのは久しぶりで……あ」

ポツリ、と。

ガラスの天井で水滴が弾ける。

「雨、降ってきちゃいましたね」

空になったお皿を下げながら、みどりも吉田に倣ってガラス越しの空を仰いだ。

庭の植物たちにとっては自然のシャワー。実咲も話していたように、すぐ止む小雨程度だろう。

「ああ……雨が降ったなら、賭けは『打ち明けない』かなあ……でも……」

「賭け？　ですか？」

なにやら吉田は独り言を零《こぼ》しており、その意味ありげな内容をついみどりは拾ってしまう。

　彼は「す、すみません！　なんでもないです！」と弁解し、みどりは気になりながらも、ひとまずお皿を持って下がった。残すデザートは、シェフの実咲が直接お出しする習慣だ。

「お待たせ致しました、本日のデザートでございます」

　カツンッと、雨音と連弾するように靴音を立てて、実咲が吉田のもとまでやってきた。トレーにはデザートとティーセットが載っている。

　本日はイチゴ尽くしで、デザートはしっとり胃に優しい、イチゴのヨーグルトムース。飾り用だけでなく、ムースにも少量のミントが混じっていて、それがあっさり仕立てで食べやすい工夫に繋がっている。

　ポットで赤く波打つのは、不老長寿になれる『奇跡のお茶』と名高いルイボスティーだ。ムースと共にテーブルに並ぶと、赤系統の色合いでまとまっていて、ずいぶんと華やかだった。

　一歩下がった実咲の後ろで、みどりは吉田の反応を楽しみに待つ。

　しかしまたもや彼は、「ティーカップが白……今度は『打ち明ける』かあ……」などと呟いていた。もはや口に出すのは無意識なのだろう。

みどりと同じく、実咲も目敏《めざと》く反応する。

「打ち明ける、とは？　なにかお悩み事ですか？」

「あっ、いえ……」

「よかったらお気軽に話してみませんか？　実は誉様からもお電話頂きまして、吉田様の悩み相談に乗ってあげてほしいと頼まれていたんです」

「先生がそんなことを⁉　ここはそんな、お悩み相談所のようなこともしているレストランなんですか……？」

「そういうわけではないんですが……なぜかここに来ると話しやすいとかで、一部そんな扱いをされていることは事実ですね」

実咲はちょっとだけ困ったように、肩を竦《すく》めて笑う。

それはみどり自身も体感したことで、植物に囲まれた空間での美味しい食事が、心を癒して話しやすくさせるのか。もしくはなんでも受け入れてくれそうな安心感が、常に自然体な実咲にあるのか。

お客様にとっても、ここは安らげる〝箱庭〟なのかもしれない。

「相談などと大仰に考えず、気が向いたら吐き出すくらいでいいですよ」

「……じゃあ、あの、ぜひとも聞いてほしいです。実は僕、お付き合いしている彼女に近々、プロポーズをしたいと考えておりまして」

「プロポーズ⁉」

みどりは意表を突かれた。

てっきりお仕事関係の悩みかと、吉田の印象から勝手に予想していたため、恋愛関係とは意外だった。

(ハートの木の彼女さんに……ってことだよね。プロポーズなんて、なんか遠い世界だなあ)

恋人もできたためしがないみどりにとっては、ドラマや映画の中のフィクション的イベントに近い。

「僕は保険会社の営業職なんですが、うだつが上がらないダメ社員で……性格も気弱で、先輩にはいつも怒られるし、後輩には舐められまくっています。でも三年前に街コンで知り合った彼女は、こんな僕の素朴で誠実なところが好きだと言ってくれて……。明るくて真っ直ぐな女性なんです。ぼ、僕が、幸せにできたらと！」

「素敵ですね」

実咲の率直な褒め言葉に、吉田は照れたように頬をかく。本当にその彼女さんが好きなのだと伝わる様子だ。

だがふと、表情に暗い影が差した。

「それなのに僕ときたら、〝誠実〟とは程遠い隠し事を彼女にしていまして……」

（ないとは思いたいけど、まさか浮気とか？　三角関係とか……元カノさんの存在とか……）

幼少の頃からのたくましい妄想力を、一気に膨らませるみどり。吉田の深刻さからも、ドロドロとした内容を想像してしまう。

ゴクンと固唾を呑みながら、告白の続きを待つも……。

「僕は、僕は……！　筋金入りの『アイドルヲタク』なことを、ずっと彼女に隠しているんです！」

「あ、あいどるをたく？」

吉田は「これを見てください！」と、スーツのポケットからスマホを取り出し、素早く操作してみどりたちに突き出す。

流れ出すポップな音楽。スマホの画面では動画が再生されていて、カラフルな衣装を纏《まと》った女の子たちが、マイクを持ってステージで踊りながら歌っていた。

みどりは目をパチクリと瞬かせる。

「この子たちは『ミラーズレボリューションズ』！　略して『ミラレボ』という、僕のイチオシのアイドルグループです！」

「み、実咲くん、知ってる？　私はテレビとかはそんなに見なくて……」

「俺もニュースくらいしか見ないからわからないな」

「もったいない！　もったいないですよ、おふたりとも！」

席から身を乗り出して、吉田は食ってかかる。

「ミラレボは今年で活動五年目！　売れていない時代もありましたが、実力でのし上がった本物のアイドルです！　メンバーは六人で、動画の初めに歌っていた子が、一番人気なセンターのオサユちゃんですね！　紫の衣装のミトゲちゃんは歌が上手くて、ダンスはトモリンがナンバーワンです！　みんなプライベートでも仲が良くて……あ、僕が誰推しかですか？　僕は箱推しです！　つまり全員を推しているという意味で、ミラレボ自体を愛しているというわけです！」

固く拳を握り、人が変わったように生き生きと語る姿は、なるほど立派なヲタクらしかった。吉田の熱意は本物だ。

みどりの植物ヲタクっぷりに、「親近感が湧いた」と言った理由も、今になってわかる。ジャンルは違えど、みどりと吉田は同類である。

「そもそもですね、僕とミラレボの出会いは会社帰りの……」

「よ、吉田さん！　ミラレボについてはわかりましたから！　本題！　本題に入りましょう！」

つい先刻はヲタクトークを実咲に止められたみどりが、今度は吉田のヲタクトークを止める。

一度スイッチが入ると自分では止められないことは、身をもってわかっていた。

「そっ、そうですね、すみません……！　でもあの、ミラレボは本当に最高なので！あとでゆっくり曲から聞いてみてください！」

スマホをしまって椅子に座り直しながらも、ちゃっかり布教を忘れない吉田は、ヲタクの鑑だった。

実咲は「なるほどね」と頤《おとがい》に手を添える。

「吉田様がアイドルを好んでいることはわかりました。そしてそれを、お付き合いしている彼女には秘密にしている、と」

「はい。ミラレボのライブに行く日も、仕事だとウソをついています。彼女を部屋に呼ぶ時もわざわざグッズを片付けているので、同居も言いだせず……ずっと心苦しくて……」

「秘密を話すなら、プロポーズをされる今が一番のタイミングですね」

「それはわかっています！　だけど知られて、引かれるのも怖いんです！　彼女に嫌われたら、僕は死んでしまいます！　ミラレボへの愛とはまったく別で、彼女を本当に心の底から愛しているんですよぉっ！」

うわあああっと、吉田はテーブルに突っ伏して頭を抱える。まだ食べかけのムースの器が、もう落ちてしまいそうなくらい、テーブルの端っこまで寄せられた。一度ヲタクを晒した影響か、彼のテンションはなにやらおかしなことになっている。

みどりはどう声をかけたものかとあわあわするが、実咲は動じずムースの器を置き直した。

「お悩みなのは、打ち明けるか打ち明けないか……誉様はなんと？」

「先生には冷たくあしらわれました……。でもどうしても自分では決められないので、ひとりで賭けをしているところなんです」

「賭けって、さっきも呟いていたやつですよね？」

みどりの質問に、吉田はコクリと力なく頷く。

悩んだ末に彼は最初、先生の家から車で帰る途中で「そうだ、次の信号が赤で停まったら打ち明けよう。青なら打ち明けないでおこう！」と思いついたらしい。そして結果は『赤信号』で『打ち明ける』。

ここで腹を括《くく》ればいいものの「いやいや、もう一回賭けをして、二回連続で同じ結果が出たらそっちに決めよう」とマイルールを付け足した。

そうして別の賭けをして、次は『打ち明けない』。

連続で同じ結果ではなかったので、また別の賭けを。今度はまた『打ち明ける』が出て連続にならず、またまた別の賭けを……と、日常の他愛ないことをネタにして繰り返すも、何度やっても結果は交互になり、ほとほと困っているとか。

項垂れる吉田を横目に、みどりはひそひそと声を潜める。

「ここに来てからも、賭けは続いているんだよね……。さっきのはたぶん、晴れのままなら『打ち明ける』、雨が降ったら『打ち明けない』で、結果は『打ち明けない』かな」

「カップが白だったら『打ち明ける』で、白以外なら『打ち明けない』だな」

「カップの結果は『打ち明ける』かあ……本当に交互だね。なんか花占いみたい」

「ああ、好きか嫌いかってやつな。主に恋占いだね」

実咲の口から『恋』などというワードが飛び出すと、みどりはついドキリとしてしまう。

ちなみに、花占いでもっとも使用されている花はマーガレットで、花言葉も『恋を占う』だ。

「……実咲くんはどう思う？　賭けとかの前に、その、実咲くんは恋人には、隠し事はしないで全部話しちゃう？」

「俺はどちらかといえば、無理に『打ち明けない』派かな。誰にでも秘密のひとつやふたつあるものでしょ？　これからプロポーズする予定の恋人でも、必ずしもすべてさらけ出す必要はないと思うけど」

そういう実咲も、現に秘密主義なとこがある。

みどりはいまだ、空白の時間に実咲がどう過ごしていたか知らないし、レストランを始めるに至った経緯もわからない。

こちらから聞くタイミングも来ないのだ。

かろうじて実咲が未婚で、現在恋人がいないことだけはわかったが……。

「まあ、隠し通せる自信があるかないかも重要だけどね」

「それもそっか……。私はどちらかというと、彼女さん側の気持ちを考えたら、打ち明けてほしいかな？　結婚して一緒に暮らすならなおさら……って、私たちの意見も別れちゃったね」

これではみどりたちの意見を伝えても、吉田がますます悩ましいだけだ。当の本人は「あああ、僕はどうしたら！」と嘆いている。

今日も生き生きと元気なエバーフレッシュは、吉田の葛藤に少々呆れているようだ。

「そうだな……じゃあここはひとつ、俺も一回賭けに協力しようか」

なにか閃《ひらめ》いたらしい実咲は「申し訳ありませんが、少々失礼します」と言って、なぜかまだお茶を注いでいないティーカップを持って、いったん厨房のほうに消えた。

すぐに戻ってきた実咲の手には、同じ形の白いカップがもうひとつ増えていた。

「このカップたちはパッと見は同じですが、片方の内側の底にはハートマークが入っています。ほら、このように」

吉田のほうに、軽くふたつのカップを傾けて見せる実咲。

確かに片方にはなにもなかったが、もう片方の底には、赤いハートがちょこんと花のように咲いていた。

飲み終わったらハートが現れる仕様か。みどりも初めて見るカップだ。

(ハートの木ともかけていたりする？　でもなんか、あのハート……)

あれ？　と、みどりは多少の違和感を抱くも、実咲は悠々と続ける。

「今から両方にお茶を注ぎます。吉田様にはどちらかのカップを選んで頂き、ハートマークが出たら『打ち明ける』。なにもないなら『打ち明けない』ということにしませんか？　ハートマークのほうなら連続で『打ち明ける』になるので、このあとすぐに彼女さんにお会いして、アイドルヲタクなことを話してきてください」

「こ、このあとすぐ!? それは心の準備が……い、いや、まだハートマークが出ると決まったわけじゃないけど……」

「ひとまずお茶の賭けにはノる、ということでよろしいですね」

にっこりと麗しい営業スマイルで、実咲は吉田を丸め込んでしまう。みどりをバイトに勧誘した時もそうだったが、実咲は時折強引というか、自然と逆らえない圧を放つところがあった。

(持って生まれた、人生勝ち組イケメンの強者オーラ……とか?)

みどりがそんなくだらないことを考えている間に、実咲はふたつのカップにルイボスティーを注ぎ終える。

確率は単純に二分の一。

ただカップを選ぶだけだ。

だが吉田にとっては、人生を決める大事な分岐点になる可能性もあるので、双子のように置かれたカップを前に、眉を寄せて視線を右往左往させている。

「右……いや左? ううん、右のほうか……」

「早くお決めにならないと、お茶が冷めてしまいますよ?」

「わ、わかっています！」

やんわり促す実咲に、吉田はついに意を決してカップに手を伸ばした。

吉田がルイボスティーを飲み干す様を、みどりは緊張と共に見守る。

「あ、このお茶、色は濃いのに飲みやすい……じゃない！　ハートマークは⁉」

お茶の美味しさに束の間、ふやけた顔になったものの、すぐに吉田はカップの内側を覗き込んだ。

現れたのは、白い底ではなく赤いハートマークだ。

「ハート……」

「打ち明ける、で決まりですね」

呆然とする吉田の手から、実咲は流れるようにカップを回収し、「おかわりはいかがですか？」と尋ねる。

吉田は不毛な長い賭けに突如終止符が打たれ、まだ状況に追いついていないのだろう。呆然とした様子で、勧められるがままにおかわりをもらい、今度はゆっくりと喉に流した。

様々な効果を秘めたルイボスティーには、実はリラックス効果もある。含まれているマグネシウムが精神を安定させてくれるのだ。

そのおかげもあってか、吉田はやっと気持ちが落ち着いたようだ。

一周してちょっぴり、悟った顔をしている。

「そっか……打ち明ける、ですか。でも、そうですね。やっぱりそっちのほうがいいですよね。彼女が好きになってくれた、『誠実な僕』で結婚を申し込むためにも……」

「私個人の意見としては、無理に打ち明ける必要はないと思っています。ですが吉田様は、最初から『打ち明けたがっている』ように感じておりました。どうすればいいか、ではなく、どうしたいかを優先したほうが、結果はどうあれ後悔は少ないかと」

それは密かに、みどりも感じ取っていたことだ。

話を聞いているだけでも、吉田は最初から打ち明けるほうに気持ちが向いていたように思う。踏ん切りがつかず、決意するまでの時間稼ぎのように、賭けをただ繰り返していただけのようにも……。

(……もしかして、賭けの結果が交互にしか出なかった理由って)

ようやくみどりは真相に辿り着いた。

実咲がなにをしたのかも、なんとなくだが察する。

「どうしたいか、ですか。いいことおっしゃいますね、店長さん。さすが先生のお墨付きです」

吹っ切れた様子で、吉田はムースも食べ切ってしまう。まだルイボスティーはほんの少し残っていたが、丸まっていた背を伸ばして椅子から立ち上がった。

いつの間にか小雨は止んで、ガラスの天井の向こうには、清々しい青空が顔を出している。

「今から心のままに……ハートのままに、彼女に打ち明けてきます。受け入れてくれるかはわかりませんし、最悪プロポーズどころかフラれる心配もあるけど……。どのみち僕には、趣味を隠し通して結婚なんて、無理そうだとも気付きました。本当にありがとうございます」

深々と吉田はみどりたちに頭を下げる。

確かにあれほどのアイドルヲタクっぷりだ。吉田の裏表のない性格では、共に住んでいない今ならまだしも、結婚して居を共にしたら、隠していてもあっさりボロを出しそうではあった。

みどりはヲタク仲間としても、「頑張ってくださいね」とエールを送る。

実咲はその横で、隙のない完璧な微笑みを浮かべた。

「プロポーズが成功したあかつきには、ぜひまた、お相手様とおふたりで当レストランにお越しください。いつでもお待ちしております」

吉田はヲタクモードの時と同じか、それ以上に活気ある声で「はい！」と返事をする。

そしてお会計を済ませて、この箱庭から出ていった。

静かになったコンサバトリーで、実咲と共にテーブルの上を片付けながら、みどりは問いかける。

「それで、イカサマ師の実咲くん……あのカップにはどんな仕かけがあるの？　最初から『打ち明ける』に誘導するつもりで、たぶんどっちもハートマーク入りだよね？」

「イカサマ師だなんて酷いな、単純な仕かけだよ。試しにこっち、飲んでみな」

いとも簡単にイカサマを認めた実咲は、吉田が選ばなかったほうのカップをみどりに差し出す。たんまり入った手付かずの液体を、みどりは訝しげに喉に流し込んだ。

冷めても美味しいルイボスティーは、実咲のアレンジなのかほんのりイチゴのフレーバーつきだ。

そして飲み干せば、カップの内側の底が露《あらわ》になる。

「やっぱり！　こっちにもハートが……って、でも、あれ？」

よく見ると、カップの底にはハート型の僅かな凹みがあった。厳密には、ハートの彫刻がされていたのだ。

その凹みにルイボスティーの液体が溜まって、ハートを赤く浮かび上がらせている。

「そういうサプライズカップなんだ。彫刻の凹みを利用して、注いだ液体を飲み干せば、その液体が最後に凹み部分に少し溜まる。溜まったら液体の色で、絵や文字が出現するって仕組み」

「へえ……面白いね」

「もらいものなんだけどそのカップ、ウン万円するらしいから扱いには気をつけてね」

「ひえっ」

みどりは「これそんな高いの⁉」とビビるが、言われてみれば質感もお高い気がしてくる。

「……で、それはペアセット。吉田様に見せたカップは、両方まったく同じ品でハートの彫刻入り」

実咲は片手でフルフルと、吉田の飲み残しが入ったほうのカップを揺らしてみせる。

雑な扱いにみどりはハラハラだ。

しかし、それならば……。

「賭けの説明をする時に、実咲くんが見せたハートマークは……？　もうすでに赤いハートが出ていたよね？」

「あれは事前に、凹み部分に微量のイチゴソースを流しておいたんだよ」

「イチゴソース！」

おそらく、みどりが今飲んだほうがそれだ。

お茶を注いでしまえば、ソースもお茶に混ざる。その上でどっちを選んでも、カップの仕組みどおりにハートが出るということだ。

「説明の時には、凹みやソースがバレないようカップの傾け方には気を付けたし。吉田様が飲み終わったあとも、素早く回収しておかわりを注いでごまかして……って、いろいろ工夫して頑張ったでしょ、俺？」

確かに、煮え切らない吉田を最終的に決断させたことは、間違いなく実咲の功績だ。

そこはみどりも素直に認める。

「そもそも本当に、吉田さんはもとから打ち明けたかったんだもんね。彼のやっていた賭けって、自分の行動次第で決められたり、結果がある程度予測できたりするものばかりだったし」

「みどりもそこ、気付いたんだね」

最初の赤信号で車が停まるかどうかの賭けは、交通量などにもよるだろうが、わざとスピードを落としたりして信号に停まるようにはできる。雨だって降水確率を見れば降る可能性のほうが高い。カップの色の件も、店で使われる食器は料理が映えるように白がベターだし、これまでの食器が白ならカップも白だと予測が立つだろう。

そんなふうに吉田は、無意識のうちに賭けの内容を操作し、心が固まるまでうだうだ繰り返していたのだ。

実咲は「何度やっても結果が交互になり続けるなんて、明らかにおかしいでしょ」と苦笑する。

「最初の賭けで出した答えこそが、吉田様の『打ち明けたい』って本音だよ。あと必要だったのは最後のひと押しだけ」

「……今頃ちゃんと、彼女さんに話せているかな」

「あの勢いならたぶんね」

「彼女さん、受け入れてくれるといいけど……」

ヲタク仲間の身を案じ、みどりはテーブルを拭く手を止めて不安そうにする。その薄い肩を、実咲は片手でポンと叩いた。

「吉田様の話ぶりから、懐の広い女性みたいだし。きっとプロポーズは成功すると信じるしかないよ。みどりの心配性は治ってないね」

「私……昔からそんなに心配性だった？」

呑気な父にも最近そう言われたが、彼の場合は心配されても仕方がないので、さほどみどりは気にも留めていなかった。

実咲にそんな面を見せていただろうかと、首を捻《ひね》る。

「うん。俺が落ち込んでいる時とか、すぐ心配して慰めてくれていたでしょ。俺はみどりに救われたこと、たくさんあるよ」

「実咲くんが落ち込んでいる時……？」

思い返してみても、そんな記憶がみどりにはない。

むしろ、ことあるごとに慰められていたのはみどりであり、記憶の中の実咲はいつでも笑っていたように思う。

「まず実咲くんが落ち込む原因とか、考えつかないよ。悩んでいる実咲くんすらレアな気が……」

「そう？　俺だっていろいろあったよ。俺の料理なんか、誰も求めていないのかなとか。作るのやめようかなとか」

「ええっ⁉」

みどりからすれば信じられない悩みで、思わず勢いよく食ってかかる。

「実咲くんの料理を求めている人はいっぱいいるよ！　今も吉田さんには絶対必要だったし、昔だって少なくとも私はなかったら死んでいたし！　実咲くんの料理のおかげで生き抜いたとこあるもん！　救われたのは明らかに私！」

「死ぬとか生き抜くとか……ははっ、大袈裟だな」

「マジだから！」

鼻息荒く主張するみどりに、実咲はおかしそうにしていたが、俯《うつむ》いてポツリと「やっぱり救われているのは俺のほうだな」と呟いた。

低くてよく聞き取れず、みどりは彼の顔を覗き込む。

「なに？　実咲くん……？」

「なんというか、改めてみどりの存在の大きさを実感しただけ。再会できたことに感謝しないとな」

「わっ……！」

実咲は顔を上げると、布巾を握るみどりの手首をくいっと引いた。体と体の隙間が詰められて、実咲の甘く整った顔が、みどりの耳元に寄せられる。

「またこの箱庭に戻ってきてくれてありがとう、みどり。今度は手放さないよ」

そう囁いたあと、実咲はなんでもない様子でアッサリと離れた。

今なにが起きたのか、なにを言われたのか……衝撃が強すぎて、真っ白な頭で立ち竦むみどりに、実咲は「なんてな」とイタズラっぽく笑うと、片付けた食器を持ってさっさと厨房に向かう。

遅れてようやく、みどりはからかわれたのだと理解した。

「た、質が悪すぎるよ、もうっ！」

へなへなと力が抜けたように、その場でうずくまる。

これも年の差ゆえか、なにかと一方的に心乱されて悔しかった。

みどりは実咲相手に隠し事もろくにできそうにないのに、実咲ばかり秘密が多いことにも、ふつふつと悔しさが募って仕方ない。

（「手放さない」ってことは、私をずっと雇ってはくれるみたいだし……一緒にいたら実咲くんも、いつか秘密を打ち明けてくれるかな）

とりあえずみどりは、『従業員として手放さない』だと解釈した。

一緒に働くうちに新しい信頼関係も築けたら、きっと話してくれる日が来ると期待する。

（このあともし、もう一雨来たら期待が叶う……なんて、止めておこう）

吉田式の賭けは無意味だ。今は晴れ渡っている空模様も、夕方頃にまた崩れる予報であることを、みどりは知っていた。

そこでダークブラウンの髪をサラリと揺らして、実咲がコンサバトリーにまた戻ってくる。

「あれ？　そんなうずくまってどうしたの？」

「いやいやいや、実咲くんのせいだからね！」

「なんでもいいけど、ほら立って。次のお客様が来るまで休憩しよう。みどり用のムースもあるし、ルイボスティーも淹れ直してあげるよ」

魅惑的な誘いと共に、スッと手が差し出される。

みどりはあれこれ考えていたことがすべて吹き飛んで、一も二もなく飛びついた。

「食べるし飲む！　休憩する！」

「了解、今用意するね」

みどりが実咲の料理を求めれば、彼は満足そうな顔になる。みどりのお腹と心も満たされるので、お互いよい循環なのかもしれない。

秘密などあとまわしで、今はそれだけでいいかとみどりは思った。

そして実咲の手を取って立ち上がり、ふたりで春らしいデザートタイムを満喫したのだった。

三皿　兄弟喧嘩と採れたてトマトのカプレーゼ

「もう兄ちゃんなんか知らない！　二度と宿題も教えてやらないし、嫌いなもんも食べてやらないからな！　一生口も利くもんか！　ばーか！」

「兄貴に向かってなんだそれ……おいっ！」

閑静な住宅街に響く、幼稚な罵声。

バタンッ！　と鼻先で強くドアが閉められ、光弥《みつや》は眉をキリリとつり上げて「そっちがその気なら勝手にしろ！」と叫んだ。

今年で中学二年生になる光弥は、たった今、双子の弟と二階の自室で派手な喧嘩を繰り広げたところだ。

原因は光弥の行動にあり、非は誰が見ても光弥にある……のだが、そこは売り言葉に買い言葉。普段は温厚なはずの弟が盛大にキレ、光弥もキレ返したことで収拾がつかなくなった。

「……あんな怒ることないだろ、くそっ」

光弥は悪態をつきながらも、どこかバツの悪い気持ちでリビングに向かう。冷蔵庫のコーラでも飲んで気分を変えようと思った。

しかし、ペットボトルのコーラにありつく前に、ダイニングテーブルの上に目が留まる。青いチェックのクロスが敷かれたそこには、姉のスマホが放置されていた。

電源の入った画面が丸見えで、メッセージアプリも開いたままだ。

姉と誰かのトークが普通に読めてしまう。

「あ、吉田さんか」

『吉田さん』は姉の彼氏だ。

双子と歳の離れた姉は、二十代半ばの社会人で、六歳上の少々冴えないサラリーマンとお付き合いをしている。

冴えないが誠実ないい人で、光弥からしても好感度は高かった。しっかり者の姉とはお似合いだと思う。

「姉ちゃんたち、いつ結婚するんだろうな」

ついに吉田にプロポーズされたとかで、姉がきゃっきゃっとはしゃいでいたことは記憶に新しい。今から数か月前の春のことだ。

吉田が『ミラレボ』というアイドルのヲタクだった……という、カミングアウトもされたそうで、それには光弥たちもちょっとビックリしたものの、姉もまた隠し事をしていたのでおあいこだ。

姉は重度のプロレスヲタクであることを、吉田にずっと黙っていた。

自分でリングに上がるわけではなく、正しくは『プロレス観戦ヲタク』なのだが、姉は「もし知られたら、吉田さんの中で私のイメージが崩れるかも……でも隠しておいたままじゃ……」と真剣に悩んでいた。

光弥は「別にわざわざ打ち明けなくてよくね？」と言い、弟は「打ち明けておいたほうが後々……」と、姉の相談に乗っていたが、こちらもカミングアウトできた上で、双方の趣味を尊重し合えたようである。

メッセージアプリでは今週末、土曜日にふたりでミラレボのミニライブに行き、日曜日にはプロレス観戦に行く予定を立てていた。

むず痒くなるような、甘ったるい言葉も飛び交っている。

幸せそうでなによりだ。

「あとは、ふーん……『また来月の君の誕生日には、連れていきたいレストランがあるんだ』、か」

中学生の光弥が行ったことがあるのは、よくてチェーン店のファミリーレストランくらいだが、妙に興味が湧いた。

なんでも吉田のオススメのレストランは、『ホッとする美味しさで』『悩みが解決できて』『植物にすごく詳しい店員さんがいる』そうだ。情報量が多すぎるが、ゆえに気になる。

先の弟との喧嘩を反芻し、姉が来ないか警戒しながらも、光弥は改めてスマホの画面をじっくり読み込んだ。

「……よし、覚えたぞ。『箱庭レストラン』だな」

＊　＊　＊

季節は八月の上旬。

ジリジリと太陽が肌を焼く、茹《う》だるような夏の日。

とある私立大学のキャンパス内にある食堂は、ガヤガヤとそれなりに賑わっていた。

偏差値はそこそこだが、キャンパスの大きさは県内随一を誇る。その分学生数も多く、夏休み期間で普段より利用者は減っているとはいえ、補講やゼミ活動などに勤しむ学生たちは、そこかしこでランチをしながら会話に花を咲かせている。

その一角にある丸テーブルをキープし、トレーを付き合わせている女子大生がふたり。

みどりと、友人の小日向《こひなた》きいろだ。

「じゃあじゃあ、お弁当屋さんを辞めてから先輩から連絡はないんだ！　あってても面倒そうだしよかったねー！」

ツルツルと冷やし中華をすする合間に、きいろは周囲の喧騒にも負けないデカイ声で、みどりに向かって話しかける。

リスっぽい小動物を思わせる、小柄な体軀《たいく》と愛嬌のある顔立ち。服装は夏でも冬でも、常にキャラもののフーディースタイル。金に近い明るい茶髪のショートカットは、毎回染めるのに失敗して想定より派手になるという。

そんな見るからに元気娘なきいろは、大学でみどりにできた唯一の親しい相手と言えた。

きっかけは、入学式のあとに行われたオリエンテーション。

すでに周囲は仲良しグループを作り始めていて、出遅れてひとり縮こまるみどりのもとに、きいろはニコニコと寄ってきてくれた。

「名前、みどりっていうの？　私はきいろ！　みどりときいろで緑黄色野菜だね！　私はニンジン嫌いだけど！　よかったら仲良くしよー！」

……などと、みどりの持つノートに書かれた名前を見て、よくわからない天然発言をしつつ、手を差し出してくれたのだ。

きいろは誰からも好かれる天真爛漫なタイプで、コミュニケーション能力もずば抜けていた。同学部の人間とは軒並み連絡先を交換済みだし、先輩後輩も知り合いだらけだ。人類皆、彼女の友達かもしれないレベル。

だがそんなきいろは、なぜか波長でも合ったのか、どちらかといえば日陰属なみどりの隣を好み、ふたりは自然とつるむようになった。

みどりからしても、きいろの底抜けの明るさには元気をもらっている。

今や『緑黄色野菜コンビ』は、気兼ねのない友人関係を築いていた。

「まあ、先輩も私の植物ヲタクっぷりに引いていたし……今頃きっと、もっとおしとやかで可愛い子と付き合っているよ」

きいろから振られた話に、みどりは日替わりランチの和風ハンバーグを切り分けながら苦笑する。

というか、弁当屋の先輩のことなどすっかり忘れていた。補講中のきいろと、彼についてメッセージのやり取りをした日がすでに遠い。

きいろはうんうんと、箸と共に頷く。

「それもそうだよね！　それにみどりにはもう、新しいバイト先に素敵な彼氏いるもんね！」
「か、彼氏っ？　まさか実咲くんのこと!?」
「その店長さんのこと！　いいなあ、大人で社会人な彼氏。会社でバリバリ働いている
スーツ男子にもときめくけど、レストラン経営者のエプロン男子も羨ましい！」
（スーツ……）
実咲がエプロン男子なことは間違いないのだが、実は一度だけ、みどりは実咲のスー
ツ姿も見たことがある。
出勤した際に、実咲の自室のドアが微かに開いていて、スーツを着た彼がパソコンの
前に座って誰かと話しているところを覗いてしまったのだ。リモート会議っぽい光景に、
なんで実咲くんが……と疑問を覚えたが、レストラン経営者にもそういう機会がないこ
ともないのかもと、無理やり己を納得させた。
ぶっちゃけると疑問を追求するより、彼のレアな格好に胸を撃ち抜かれたのだ。
（あの実咲くんも、キリッとしていてカッコよかった……）
思い返してぽんやりしていたら、「ねえねえ、デートとかは行った？」と、加速する
きいろの勘違いを止め忘れていた。
「待って、誤解！　デートとか以前に、実咲くんとはただの幼馴染みだし、今は純粋な

雇用関係っていうか……！」

「職場の上司との恋愛もいいよね！」

「だから違うって！」

みどりの渾身の否定に、きいろは「えー」と不満気に唇を尖らせる。

「でもみどり、その人が初恋なんでしょ？　言っていたもんね、『お父さんが倒れたと思ったら、なぜかその日のうちに初恋の人と再会して、彼の職場で働くことになった』って。ドラマみたいな展開で羨ましいよ！　私も初恋の人と再会したい！　もう顔も覚えてないけど！」

「案外、覚えていないのが普通かもね……」

みどりが実咲との思い出を、やたら鮮明に覚えすぎているのだ。

彼と『緑の家』で過ごした日々は、みどりの二十年の人生の中で一際輝いていて、忘れたくても忘れられなかった。

実咲の存在に付随するように、彼の料理の味だって細胞に染み付いてしまっている。

(何年も食べていなかったのに、あのペペロンチーノを一口食べただけで、昔のことがいろいろ蘇ったし……。このハンバーグも、実咲くんのとついつい比べちゃうんだよなあ)

食堂の料理はけっしてまずくはなく、大根おろしと大葉をトッピングした和風ハンバーグランチは、あっさりヘルシーで女性人気の高い代物だ。

しかし先日、まかないで頂いた実咲作の『大豆ミートのハンバーグ』のほうが、よりヘルシーなのに食べ応えがあった。

『大豆ミート』は牛や豚などの肉類を使わない、大豆から生まれた純植物性の食材だ。もともと『畑のお肉』と呼ばれる大豆の力が存分に発揮されていて、高タンパクなのに低カロリー、味はしっかりお肉というお得仕様。

さらに実咲の手にかかれば、ふんわり美味しいハンバーグになるのだから、みどりの舌もすっかり肥えてしまった。

(日下部さんの料理とまで比べ始めたら、さすがに失礼だけど！　彼女のはなんというか王道の家庭料理で、実咲くんとはまた一味違うというか……！)

「おーい、みどり？　聞いてるー？」

「あっ！　ご、ごめん、聞いてなかった！」

またマイワールドに入っていたようだ。

友達として慣れっこのきいろは気にしたふうもなく、クリクリの目を瞬かせて「だからね」と言い直してくれる。

「私もこの夏の間に、カッコいい彼氏が欲しいなーって！　合コンとかはいっぱい参加しているけど、友達ばっかり増えて恋愛はできていないの！　タイプの人にも出会えていなくて！」

「きいろのタイプってどんな人だっけ……？」

「筋肉のあるワイルド系！　筋肉に色気のある人！　筋肉正義！」

「とにかく筋肉なんだね……」

「ついでに年上なら文句なしだよー！　そんな彼氏できたら、みどりの働くレストランにふたりで食べに行きたい！　そう決めて取ってあるの！　なんかみどりの話聞いていると、恋愛関係にご利益ありそうだし！」

「ご利益って、神社じゃないんだから」

きいろならみどりの紹介ということで、いつでも予約を取り次ぐのだが、あくまで〝恋人と〟という謎のこだわりがあるらしい。

（恋人かあ……）

意識しだすと、実咲しか浮かばないから困る。

きいろは架空のマッチョ彼氏と、「夏なら海とか山に行きたいよね！」とデートプランを立てているが、みどりも脳内で実咲と浜辺で戯れたり、山で星空を見上げたりしているので、邪念を払うように頭を振った。

（い、いやいや！　私と実咲くんはそんなんじゃないでしょ！　だいたい彼は、私のこといまだ妹扱いだし！）

再会した日に兄心がどうとかとも口にしていたので、妹扱いは間違いないだろう。

それ以外だと、よくて貴重な従業員扱いか。

そこにちょっぴり胸が軋むが、このあともバイトで顔を合わせるのに、要らぬ感情は失敗を引き起こすだけだ。

「あー！　彼氏欲しいー！」と叫ぶきいろに、みどりは「早く食べようよ」と促しつつ、自身も目の前のハンバーグを片付けることに集中した。

補講がひととおり終わり、きいろはかけもちしまくっているサークル活動へと、意気揚々と参加しにいった。昨日はボランティアサークルだったが、今日はフットサルサークルらしい。

そんなアクティブなきいろを見送ってから、みどりのほうは大学を出て、夕方頃にバイト先へと向かう。

『箱庭レストラン』はランチタイムやディナータイムの括りなどは特になく、開店の朝十一時から夜の二十一時まで、交渉次第でいつでも予約可能。みどりの出勤時間も、大学の時間割りに合わせてまちまちである。

また定休日なども決まっておらず、ここも実咲の裁量ひとつだ。

（今日はお客様の予約が、今からだと二組……一組は吉田さんの紹介だっけ）

門を抜けて庭に足を踏み入れ、茜差すレンガの小道を歩く。

吉田の名前が出た瞬間、みどりは真っ先に、もしや吉田と恋人のふたりで来店か⁉と期待した。だが残念ながら違うようで、予約はおひとり様だという。

（プロポーズが成功したのか、ちょっと知りたかったんだけどなあ）

どんなお客様が来店されるのかまでは、実咲から聞いていない。もう一組の予約もまた、来店時間とおひとり様という情報のみだ。

おひとり様率がわりと高いのも、『箱庭レストラン』の特徴と言えるだろう。

紹介制なこともあって知る人ぞ知る隠れ家なので、誰かとワイワイしながら食事をしたい……というよりも、ひとりで静かな時間を満喫したいタイプのお客様が多いのだ。

（あとは大切な人とふたりで、とかね）

友達同士でも、家族同士でも、それこそきいろの希望のように恋人同士でも。

〝大切な人を連れていく場所〟として、『箱庭レストラン』が選ばれていることは、みどりもなんだか誇らしかった。

「失礼しまーす……」

小声で挨拶しながら、はーちゃん似のハリネズミの置物を横目に、そろそろと店内へと入る。夕方でも気温はじんわり高く、冷房の効いた中は涼しかった。

あとは二階に上がって、はーちゃんのいる部屋でパパッとスタッフスタイルに着替えて出勤だ。

（お客様は時間的にまだ来ていないよね）

……と、油断していたら、見知らぬ男性のシルエットが、店内右奥のカウンター席の傍に立っていた。

歳も背丈も、実咲と同じくらいか。少し長めのライトブラウンの髪は、ゆるくウェーブがかかっていて、適当にゴムで括られている。

服装は夏らしい白のタンクトップに、ルーズな印象のネイビーのジョガーパンツ。覗く肌は浅黒く、しなやかな筋肉がついていて、鍛え抜かれていることが一目でわかる。

（きいろのタイプそのものじゃん……！）

みどりは一番にそんな感想を抱いた。

オマケに横顔からでも、ワイルドな色男っぷりが惜しみなく出ていて、いるだけで女性が放っておかないだろう。

そんな色男さんはしげしげと、色鮮やかな赤い花をつける、中鉢の観葉植物を見つめていた。その植物に手を伸ばそうとしたところで、みどりは咄嗟に「触ったら危ないですよ！」と声をかける。

「ん？　君は……？」

「あのあの、そちらは『ハナキリン』といって、マダガスカルが原産の多肉植物なんですけど！　茎にはびっしりトゲが生えているんです！　ハナキリンのトゲは鋭いし刺ります！　無闇に触らないほうが……！」

「ああ、ちょっと花に触ってみたかっただけなんだけど、なんかごめんな？　よく考えたら店のもんだしな。心配してくれてサンキュ」

「い、いえ……！」

正確には『花』ではなく、葉の一種である『苞《ほう》』なのだが、その説明は割愛する。

みどりのほうを向いた男性は、タレ目が特徴的な彫りの深い顔立ちで、やっぱりどこを取っても色男だった。話すと少々チャラそうではあるが、悪い感じはしない。

彼は朗らかに、みどりに微笑みかける。

「それで、お嬢さんも客か？　おひとり様なら俺と仲間だな」

「私は一応……ここのスタッフでして……」

「スタッフ？　まさか……お嬢さんが、実咲のみどり？」

いきなり名前を呼ばれて、みどりはたじろいだ。しかも男性は実咲と親しい間柄のようだが、『実咲のみどり』とはいったいどういう意図の言い回しなのか。

彼は勝手に納得したようで、「そうかそうか！」と頷いている。

「実咲から話は聞いているぜ？　アイツと幼馴染みで、植物に詳しいんだろ？　ハナキリンだっけ、もっといろいろ教えてくれよ、みどりちゃん」

「ええっ？　あ、ああ……はい」

急にぐいぐい来られてみどりは数歩下がるも、お客様相手でもあるので失礼な態度はできない。

ヲタクスイッチが入りすぎないように気をつけながら、知識を引っ張り出す。

「ハナキリンは……暖かい温度を保っておけば、一年中その花を咲かせます。寒さには弱いので、今みたいな夏じゃなく冬は要注意です。あ、あと、花の形が女性の唇に似ているとかで、『キス・ミー・クイック』なんて別名も……」

「『早くキスして』、か。意外と大胆なんだな」

「へっ」

流れるようにみどりは腰に手を回され、ぐいっと男性のほうに引き寄せられた。必然的に、彼の鍛えっぷりの見事さを目の当たりにする。

しかし迫る男前な顔に、筋肉に見惚れている場合じゃない！　と慌てた。

「あああああの！　はははは離してくださ……っ！」

そこで今度は、別の手で後ろから肩を掴まれる。

「――潤《じゅん》。みどりをからかうのもいい加減にしないと、店から叩き出して出禁にするよ」

厨房から出てきたらしい実咲は、みどりの両肩に優しく手を置きながらも、冷ややかな視線を潤と呼ばれた男性に浴びせていた。

背後から感じる冷気に、みどりは小さく息を呑む。たまに現れる実咲特有の〝圧〟も発していて、植物すべてが凍ってしまいそうだ。

潤は苦笑しつつも、「そんな怒んなって」とホールドアップする。

「お前の話によく出てくるみどりちゃんに会えて、テンション上がっちまったんだよ。軽いおふざけくらい許してくれ」

「次はないからな」

「ええっと、ふたりはお友達……？」

ようやく実咲が冷気と圧を引っ込めたところで、みどりはズレた眼鏡をかけ直して尋ねた。潤はいい笑顔で「親友だな」と答える。

「改めまして、俺は早乙女《さおとめ》潤。実咲とは中高の六年間同じクラスな上に、俺の親父がこの家の庭師でな。親父は実咲のじいさんの代からの長い付き合いなんだ」

「あ……前に実咲くんが、庭の管理を頼んでいるって言っていた……じゃあ、さ、早乙女さんも庭師なんですか？」

「潤でいいって。俺はそっちの才能はからきしなくてな。知人のバーで働いているしがないバーテンダーだよ。ほら、ここ」

ジョガーパンツのポケットから出した名刺を、潤はポイッとみどりに放る。

『onyx』と店名が記された名刺は、黒とゴールドのシックなデザインで、バーなど未経験なみどりには大人向けに感じてしまう。ここから近場なので行けないこともないが、明らかに気後れする雰囲気だ。

「遊びに来てくれたらサービスするぜ？」

「あ……その、えっと」

返答に窮していると、背後の実咲がスッと、みどりの手からその名刺を抜き取った。

「無理に行かなくていいんだよ？　みどりはお酒も得意じゃないでしょ。行ったら行ったで、潤にまた弄ばれかねないしね。コイツ、女たらしで有名なんだ」

「こら、風評被害は止めろ。第一印象で偏見持たれて困ってんだぜ、俺は。親友にまでそんな扱いされたら泣いちまうよ」

「俺とお前はよくて悪友か腐れ縁でしょ。潤の親父さんには世話になっているけど、潤には別に世話になってないし」

「親父の功績は、息子の俺の功績ってことでひとつ」

「関係ないな」

「だよな」

軽快に飛び交う会話は、実咲のほうは少々の毒は含まれど、旧知の仲らしい気安いものだ。

(こんな遠慮ない実咲くん、初めて見たな)

ツンツンしているけれど、潤への一定の信頼も見て取れた。

なんやかんやでよい友人同士なのだろう。

知らない一面を新鮮に思うみどりに、潤はわざと甘えた声で「聞いてくれよぉ、みどりちゃん」と話しかけてくる。

「実咲がこの家、しばらく空けていたことは知ってんだろ？　ほら、じいさんが亡くなったあとでさ。その期間、うちの親父がちょくちょく出入りして、庭だけじゃなくここの植物全部の管理をしていたんだぜ」

「そ、そうなんですか！」

「ご贔屓《ひいき》さんからの特別な依頼、ってことでな」

では昔、みどりが『緑の家』で目撃した業者らしき人は、潤の父親だった説が濃厚だ。

思い返してみれば、潤と重なる見事な筋肉の男性だった気がする。

「でもその依頼、実咲から親父に取り次いだのは俺なんだぜ？　しっかし、ビックリしたよなぁ、あの時は！　いきなり実咲が大学にも行かず、春文《はるふみ》さんと会社を手伝うって聞いて……」

「少し黙ろうか、潤」

実咲がピシャリと言い放つと同時に、みどりは大きな手の平で両耳を覆われた。

音声をシャットアウトされ、内心でみどりが「ええっ⁉」と動揺している間、実咲はまた潤に冷風を吹かせ、潤は平謝りをしている。

（ここまであからさまに耳を塞ぐって……そんなに秘密にしたいことなの？）

春文とは何者で、会社を手伝うとはなんのことなのか。

というか今さらだが、実咲と背中越しとはいえ密着している現状に、みどりはソワソワと体を揺する。手の平の温度が伝わってきて、思考がとろけてうまく働かない。

（わ、私の後頭部が、実咲くんの胸元に……！　手が耳に！）

じわじわ顔に熱が集まりかけたところで、パッと実咲が手を離す。

反射的にみどりが振り返れば、実咲は申し訳なさそうに眉を下げていた。

「ごめんね、つまらない話をみどりには聞かせたくなくてさ」

「う、うん……」

そう真正面から言われてしまうと、こちらからは追求しづらい。実咲もわかっていて、あえて殊勝な態度を取っている気がする。

（実咲くん、なんか昔よりズルいっていうか……策士だ）

みどりはさりげなく実咲から三歩下がり、モヤモヤを抱えるも質問を飲み込んだ。

潤のほうはさすがに、二回も立て続けに実咲を怒らせたので、口をつぐんでおとなしくしている……かと思いきやそんなことはなく、「はーちゃんは元気かー？　どこにいるんだ、会わせろよ」なんて言ってキョロキョロしている。図太い。

「みどり……このバカ、いや、お客様をさっさと座らせて、飲み物を出してあげてくれる？　あと悪いんだけど、はーちゃんも連れて来て」

「う、うん！　えっと、席はどこの……？」

「カウンターでいいよ。コイツはいつもカウンター席希望なんだ」

「コンサバトリーなんて、洒落たとこで食う飯は合わなくてな。実咲があくせく働くところを眺めながら、優雅に舌鼓を打ちたいわけだ」

カウンターテーブルの向こうは厨房であり、オープンキッチンの様相を取っているので、確かに潤の言うような楽しみ方もできる。

(言い方が悪趣味だけど……)

みどりが苦笑している間に、潤は結ったライトブラウンの髪を揺らしながら、木製の丸椅子にどっかりと腰掛けた。

実咲に「よし、メニュー寄越せ」と手を出して、ペシリと叩き落とされている。

「うちにはそんなのないって知っているだろ」

「わかっているよ、軽いジョークだ」

「まったく……潤が余計なことばかりするから、じきに次のお客様がいらっしゃる時間だよ。すぐに前菜とスープの用意をするから、みどりはこっちよろしくね」

「えっと、次のお客様は吉田さんの紹介だよね。わかった!」

実咲は足早に厨房の奥へと消え、みどりは潤にハーブ入りのお冷やを提供したあと、二階からはーちゃんをケージごと連れて来た。

潤はカウンター上に置かれたケージ越しに、片手を上げて話しかける。

「よう、はーちゃん。元気しているか？」

「キュイ！」

「ははっ、お前さんは実咲と違って素直だよな」

親し気に語らうひとりと一匹。

はーちゃんも針を逆立てることなく、フンフンと鼻をご機嫌に鳴らしていて、潤に信頼を寄せていることがわかる。

ただ潤にまで、「みどりちゃんとはーちゃんって、なんか似ているよな」とおかしそうに言われたことは、みどりからすれば不本意だった。

（実咲くんも潤さんも、ハリネズミと似ているってどういうことなの……!?）

一度抗議すべきか、みどりが真剣に考えていると、入口のドアが開く音がする。

次のお客様の来店だ。

「っと、いらっしゃいませ！『箱庭レストラン』へようこ……そ？」

急いで出迎えたみどりはしかし、訪れた相手に対し、眼鏡の奥の瞳を微かに見開く。

「どうも……吉田幸男《ゆきお》の紹介で予約した、遠坂《とおさか》光弥だけど」

紹介元はあの吉田で間違いはなさそうだ。

しかし、現れたのは短髪に三白眼《さんぱくがん》が特徴的な、どこから見ても中学生くらいの男の子だった。

格好も部活帰りなのか、白い半袖シャツの制服姿で、背中に竹刀袋のようなものを担いでいる。剣道部員なのだろう。しっかりした体格に、ピンと伸びた背からも武道を嗜《たしな》んでいることがわかる。

(この歳の男の子が、こういうレストランに進んで食べに来るって珍しいな……しかもひとりだし。吉田さんとはどういう関係?)

いろいろ不思議には感じるものの、大切なお客様に変わりはない。

みどりはひとまず「お預かりしますよ」と、竹刀袋を抱えるように受け取り、例の質問をする。

「初めてご来店になるお客様には、必ずお聞きしているんですけど……お好きな植物とかございますか?」

「は? なにその質問。本当に変なレストランだな」

「あはは……」

なんともストレートな物言いに、みどりは曖昧に笑う。

吉田からどんなふうに聞いているかは知らないが、〝変なレストラン〟であることは否定できない。

「申し訳ありません、当店の特殊ルールなんです」

「だいたい俺、好きな植物なんてないし……嫌いな植物ならあるけど」

「き、嫌いなほうですか？」

すべての植物を等しく愛するみどりとしては、聞き捨てならず逆に前のめりになる。

光弥は苦々しい顔で「サボテン」と吐き捨てた。

(なんでサボテン……トゲトゲぷにぷにしていて可愛いのに！)

サボテンはハナキリンと同じ、多肉植物の一種ではあるが、その種類の多さから別枠として扱われている。

そもそも『多肉植物』とはなにかと言えば、乾燥した地域でも生き残れるよう、体に水分を溜めている植物たちのことだ。そのため水やりも少なくて済み、園芸初心者向けである。

とりわけサボテンは、愛好家も多いのだが……。

「……差し支えがなければ、嫌いな理由とか」

みどりは半ば好奇心で踏み込んでみるも、そこでズシリと右肩が重くなる。

「おいおい、ここはガキが来るところじゃないぜ？」

「わっ！　じゅ、潤さん！」

いつの間にかそばまで来た潤が、みどりの肩に逞しい腕を乗せてニヤニヤしていた。さっきまではーちゃんと戯れていたのに、こっちに興味が移ったらしい。

（この人、本当に自由人だな！）

彼を諌《いさ》められる実咲は、今は厨房にいておそらく手が離せない状況だ。

声をかけたら来てくれるだろうが、それでは接客担当のみどりがいる意味がない。

（ここは私が場を収めないと……！）

そう密かに決意するみどりの前で、ガキ扱いされた光弥はムッと目をつり上げる。

「俺はガキじゃない！　もう十四歳だ！　お金だって小遣いで貯めた分持ってきたし、吉田さんからの紹介だって……ちゃ、ちゃんとは受けていないけど、姉ちゃんがいいなら弟の俺もいいだろ！」

「ん、んん？　も、申し訳ありません、紹介の経緯についてお聞きしても……？」

みどりが首を傾げながら尋ねると、光弥は口をもごつかせながらも白状する。

なんと光弥は吉田の彼女さんの弟で、姉と吉田のメッセージでのやり取りを盗み見してこのレストランを知り、勝手に予約してきたのだという。

（そ、それって、吉田さんからの紹介って言う……？　悩んでいた吉田さんと彼女さんが、うまくいったっぽいのはよかったけど！　お店のルール的にはアリなの？）

どちらにせよ、実咲の判断を仰いだほうがいいかもしれなかった。みどりが迷っていると、潤が「はーん、なるほどな」と呟く。

「そこまでしてこのレストランに来たかったってことは、お悩み相談が目的か、坊主？ここはたまに飯の食える相談所になるからな」

おそらく開業時から、この店に友人として頻繁に訪れているだろう潤は、やや特殊な店の事情も把握しているようだ。

図星だったらしい光弥は、気まずげに首肯する。

「そんじゃあ、青少年のお悩み相談に俺も乗ってやるよ。まずはおひとり様同士、飯でも食おうぜ光弥くん」

ガバッと、みどりの次は、気安く光弥の肩を抱く潤。当然ながら光弥は「は、はあっ⁉」とうろたえている。

「なんなんだよ、あんた！　馴れ馴れしすぎ……！」

「おっ、光弥くんはなかなか鍛えてんなあ。剣道で培った筋肉か？　その歳でこれなら、かなりいい体しているぜ」

「え……そ、そう？　大会のために筋トレのやり方変えたとこなんだけど……」

「俺もジム通いが趣味でな。腹筋も割れているとさらにカッコいいぜ？」

「あんた……お兄さんは割れてそうだもんな」

「触ってみるか？　俺の自慢のシックスパック」

「うわ、スゲー！」

タンクトップの上から潤の腹筋に触れ、光弥は歓声を上げた。

そこからなぜか筋トレ談義が始まり、一気に潤は光弥と打ち解けてしまう。

（コ、コミュ力おばけだ……！）

その光景に、みどりは慄《おのの》く。

潤はきいろのタイプにどストライクというだけでなく、彼女と同類でもあるらしい。

いや、全人類どころかハリネズミとも仲良しなので、全生物とコミュニケーションが取れる可能性すらある。

しかもごくごく自然な流れで、みどりが預かった竹刀袋を奪い、大鉢のパキラの横に立てかけてくれた。自由人でからかい好きの困ったところもあるが、さりげない気遣いもできるとは、モテる男の条件コンプリートだ。

（実咲くんとセットでいたら、黄色い悲鳴の嵐だっただろうな……）

みどりが彼らの学生時代に想像を巡らせているうちに、潤と光弥はふたつしかないカウンター席に、和気藹々《あいあい》と並んで腰掛けていた。

光弥は初めて見るハリネズミにぎょっとしながらも、興味津々といった様子だ。料理を置くためにも、みどりははーちゃんのケージを持ち上げて回収しながらも、おずおずと潤に耳打ちする。

「あの、潤さん……光弥くんはちょっとイレギュラーなお客様かなって思うんですけど、先に実咲くんに確認しなくても……」

「問題ないと思うぜ？　確かに実咲の奴は、自分が運営しやすいように、妙ちきりんな入店ルールを決めてはいるけどな。みどりちゃんほど生真面目な性格でもねぇから、こだわりすぎてもいねぇ。客はちゃんともてなすだろうよ」

潤の実咲への評価に、みどりは「……それもそうですね」とすんなり納得して、ケージをひとまず近くの棚の上へと移した。

だけどうっすらと、灰色の感情が胸の奥を漂う。

（潤さんのほうが私より、実咲くんを〝わかっている感〟があるの……地味に妬けるというか……）

みどりの感情の機微を察知したのか、はーちゃんはどこか心配そうに鳴いた。

現に実咲はカウンター越しに光弥を見ても、「ごゆっくりどうぞ」と綺麗に微笑むのみだった。みどりが厨房に入り、光弥が予約した経緯を軽く伝えても「ふーん、了解」

という返事だけ。

潤が「ほらな」という顔をみどりに向けるので、また反射的にムッとしてしまう。

友人の潤相手に、またまた子供っぽい思考だ。

光弥より子供かもしれない。

(私はいったい、実咲くんの〝なに〟になりたいんだろう……)

そう自問自答するも、仕事中に少し考えたくらいでは、残念ながら答えなど見つからなかった。

「前から失礼します。前菜の『採れたてトマトのカプレーゼ』でございます」

実咲が厨房の中から腕を伸ばして、潤と光弥の前にそれぞれ料理をお出しする。

楕円形の白いお皿には、スライスした真っ赤なトマトと、もっちりしたモッツアレラチーズ、青々としたバジルの葉が交互に盛り付けられ、その上にオリーブオイルと黒コショウがたっぷりかけられていた。

おまけに小さく刻んだアボカドを、オリーブオイルとレモン汁で和えて添えるのが、実咲流アレンジだ。

カラフルさが目でも楽しいカプレーゼは、イタリア料理の定番中の定番。色合いもイタリアの国旗カラーである。

「おっ！　実咲のこれ、旨いんだよなあ」

潤は以前にも食べたことがあるようで、嬉々としてフォークを構えた。

だが光弥は、なぜか皿を睨んで固まっている。

「どうした、光弥くん？　腹はあんまり減っていないのか？」

「そうじゃないけど……俺、トマトは苦手で……」

潤の問いかけに、光弥は視線を下げたまま返す。

「ケチャップは大好きだし、ミニトマトはなんとか食えるんだ。ただ、デカい生のトマトだけは……ぐちゃってした食感とか酸っぱさがムリで……弟はトマト好きなんだけど、マジ意味わかんねぇ」

どうやら単純に、好き嫌いの問題のようだ。

トマトは野菜の中でも、好きな人と嫌いな人が両極端なところがあるので、ここは難しいところだろう。

潤は体をのけぞらせて、カラカラと豪快に笑い飛ばす。

「ハイハイ、トマト嫌いな。まっ、金払ってまで嫌いなもん食うことはねぇと思うけど、試しにチャレンジしてみるのもいいかもしれないぜ？　一口食べて無理なら、トマトは俺が全部食ってやるよ」

「潤兄ちゃん……」

いつの間にやら、光弥はそんなふうに呼ぶほど潤に懐いたらしい。

また光弥はボソッと、「音弥《おとや》も代わりにいつも食ってくれるんだよな……」と呟いた。

(トマトが好きな弟さんの名前、かな?)

響き的にも、みどりはそう当たりをつける。

光弥のほうは潤の言葉に乗ることに決めたようだ。

トマトだけよりはマシだろうと、拙《つたな》い手付きでバジルやチーズを切り分け、アボカドもまとめて器用にフォークに乗せると、おそるおそる口許へと運ぶ。

「い、いただきます……んっ!」

咀嚼し終えると、「あれっ?」という顔になった。

「このトマト、食感がしっかりしていて嫌じゃない……あんまり酸っぱくないし……他の食材と食べたから? 味つけのおかげ?」

おそるおそる光弥はトマトだけ食べてみるも、「やっぱりイケる!」とビックリしている。

様子を見守っていた実咲は、にこやかに微笑んだ。

「そのトマトは今朝、バジルと一緒に裏の菜園で採れたものです。フレッシュさは折り紙つきですし、品種も酸味を抑えたものですよ。それにトマトとオリーブオイルの鉄板の組み合わせは、もともとトマトが苦手な人でも食べやすいんです」

そのふたつは味の相性もさることながら、トマトに含まれるリコピンという栄養素は、オリーブオイルと合わさることで、体内での吸収率がよりアップするという。相変わらず、実咲の解説は教科書のように完璧だ。

またアボカドもセットで食せば、クリーミーさが追加されてちょっとした味変にもなる。

最終的に、光弥はカプレーゼをすべてひとりで食べ切り、潤に「よしよし、トマトを克服したかもな」と頭をぐしゃぐしゃに撫でられた。

「もう、ガキ扱いすんなって！」

「中学生はまだまだガキだろ？　ほら、ポタージュも飲め飲め」

嫌がる素振りに反して満更でもなさそうな光弥に、潤は次に出てきたスープを勧める。

パセリをトッピングした『冷製のコーンポタージュスープ』は、夏にピッタリな一品だ。

光弥はとろとろなコーンの味が気に入ったようで、「このレストランって変だけど、料理は悪くないかも……」なんて生意気なコメントをしていた。

だが光弥の根はだいぶ素直なようで、食事を経てリラックスするうちに、隠れていた素が現れたようだ。満を持して登場したメインに、「うわ、これも旨そう！」と年相応の屈託のない反応をする。

本日のメインは、とろけるチーズと鶏ササミ、これまた菜園で採れた枝豆をふんだんに使って、グツグツと焼いた『ササミと枝豆のチーズグラタン』だ。

チーズの濃厚さと、ササミと塩茹でした枝豆のサッパリ感がマッチして、くどくない塩梅《あんばい》の仕上がりになっている。子供ウケもよさそうだ。

スプーンを握り、光弥はサクッとグラタンの焼き目に先端を刺した。

「うっま！　めちゃめちゃ旨い！　グラタンは母ちゃんのが一番だと思っていたけど、これはヤバい！」

「光弥くんはトマトは嫌いでも、グラタンは好物か？」

「おう！　音弥もグラタンは特別なご馳走だって……あっ」

また転がり出た弟の名前に、光弥は自分で苦々しい顔になる。

その表情は、サボテンを嫌いだと吐き捨てた時とも似ていて、みどりはなにか関係があるのではないかと勘繰った。

料理が半分ほどになったタイミングで、横からそっと口を開く。

「あの……光弥くんのお悩みって、もしかして弟さんのことだったりする？　それにサボテンが関係していたり……？」

砕けた口調にしてみたのはわざとだ。

みどりは実咲の役に立つためにも、潤に負けていられない気持ちで、光弥と距離を縮めてお悩み解決の一助になりたかった。

ハーブ入りのお冷やを喉に流してから、光弥は重々しく口を開く。

「そうだよ……俺が、律子《りつこ》さんを殺しちゃったから」

「えっ、殺っ……!?」

「あ、音弥が育てているサボテンの名前な。『律子さん』っていうんだ。俺が枯らして殺しちゃった……」

「あ……ああ、なるほどね！」

みどりはホッと胸を撫で下ろす。

チーズの香ばしい匂いに包まれた平和なレストランで、いきなり殺人の告白かと大いに焦った。

一瞬で容疑がかけられ無罪になった光弥は、グラタンを頬に詰め込みながらも、事のあらましをポツポツと語りだす。

まず――光弥と音弥は、一卵性の双子だ。

そのため顔は瓜ふたつで、体格や雰囲気などに違いが出る前の幼少期には、両親にさえ間違えられるほどだった。

中身は正反対であり、光弥は活発な物怖じしない性格で、勉強は不得手だが運動神経のいい剣道部のエース。反して音弥は思慮深く温厚な性格で、運動音痴だが頭のいい成績優秀な優等生。

ここまでわかりやすく正反対だと、仲が悪いのでは……と邪推されることもあるが、普段のふたりの仲はいたって良好だ。

活発な光弥が音弥を引っ張ることもあれば、思慮深い音弥が光弥を支えることもあった。

「あんたたちって、ふたりでうまくバランス取っているわよね」

……とは、姉からのお言葉である。

喧嘩だって実はあまりしないほうで、たまにしても長引くようなことはなかったのだ。

それが今回、盛大に拗《こじ》れたのは、音弥が『勉強合宿』なるものに参加したことが発端だ。

音弥が通う有名進学塾で企画されたそれは、夏休み初日から優に二週間、専用の施設で勉強漬けの日々を送るという、光弥からすれば頭が爆発しそうな内容だった。

それでも音弥は嬉々として合宿に出かけ、光弥は光弥で剣道の大会やら試合やらに勤しんだ……のだが。

音弥が家を空けてすぐ、光弥はなんとはなしに、弟の勉強机の隅で佇むサボテンに目を留めた。

手乗りサイズの鉢に植えられたミニサボテンは、昨年の夏、音弥が塾の先生からもらってきたものだ。それはなにも音弥にだけではなく、その先生の受け持ちの生徒全員に配られたという。

うまく育てれば花も咲くサボテンは、『花咲く』ということで受験勉強への験担ぎになる、という意図らしい。

あと花言葉も『燃える心』なので、勉強への意欲を燃やしてほしい、と。

そのサボテンを、音弥は大事に大事に育てていた。

験担ぎのためというよりは、言ってしまえば、くれた塾の先生……『律子さん』が、音弥の憧れの人だったのだ。

淡い初恋相手、と言い換えてもいい。

美人でユーモアもあって生徒人気も高い、律子さん。

そんな彼女は春に結婚してそろそろ産休に入るそうで、音弥の恋が叶うことは決してないのだが、それでも好きな人にもらったものは大切にしたいと、健気な想いを恥ずかしそうに、光弥に打ち明けていた。

光弥は同性と遊ぶほうがまだまだ楽しいお年頃なので、あいにくと弟の情緒は理解しきれなかったが……。

むしろ、サボテンに律子さんと名付けて熱い溜め息をつく弟には、申し訳ないがちょっと引いていた。

ただその分、音弥がサボテンに込める想いは、よくよく理解していたつもりだ。

だから――その行動は百パーセント善意だったのだ。

音弥は自分がいない間、母親にサボテンの世話を頼んでいたのだが、光弥がやや強引に「代わりに俺がやるよ」と買って出た。夏休み前のテストでは音弥に世話になったので、恩返しのつもりでもあった。

弟に感謝されたい兄心も、なきにしもあらずだったかもしれない。

そうしてサボテンの世話をすることになった光弥だが、敗因を挙げるとするならば、彼に植物の知識がまったくなかったことか。

『植物にはとにかく水をあげればいい』

このくらいの知識で、特に夏だしいっぱいあげよう！　と、光弥は朝は部活に行く前、昼は家にいる時は必ず、夜は寝る前にと、サボテンにたっぷり水を与え続けた。

「兄ちゃんが面倒見てくれたんだ、ありがとう！」

そう弟に感謝されると信じて、大雑把な光弥にしてはマメマメしく。

だが音弥が帰ってくる前日に、サボテンの様子がおかしいことに気付く。

明らかに元気がない。

ちょっと縦に伸びた丸っこいフォルムは、酔っ払った父親のようにぐんにゃりしていて、トゲに気をつけて触ってみるとぶよぶよだった。根元も茶色く変色している。

あれ？　これってマズイのでは？

ここでようやく、光弥は自分がやらかしたことを悟るが、なにも対処できず音弥が帰宅。変わり果てた律子さんの姿に、音弥は過去一キレた。

「兄ちゃんだって!?　こんな酷いことしたの!?」

いつもおとなしい弟に洪水のように責められ、光弥も反射的に口汚《くちぎたな》く応戦してしまった。

そして仲直りもできず、今に至る。

——以上が、遠坂双子のサボテンを巡る喧嘩のすべてである。

「俺だって悪いと思っているし、素直に謝ろうとしたんだよ！　だけど音弥のやつ、取り付く島もねぇし！　世話も間違っていたけど頑張ったのに、面白半分でサボテン枯らしたんだろって決めつけられて……カチンときて……それで……」

声がしおしおと萎《しぼ》んでいき、光弥はきゅっと唇を噛む。グラタンもあと一口のところで手が止まってしまった。

せっかく剣道で身に付いた真っ直ぐな背も、眠るはーちゃんのように丸まっている。

ううんと、みどりは渋面を作った。

（光弥くんがやらかしたのは、よくある水やりミス……律子さんは典型的な『根腐れ』だよね）

水分を吸いきれずに、根っこが腐っている状態だ。

元来、水やりの頻度が少なくていい多肉植物に、水を与えすぎた末路だった。サボテンや多肉植物に限らず、観葉植物の育成は基本の水やりでけっこう失敗しやすい。

（でも根腐れなら、季節柄少し厄介だけど、まだ対処法は……）

みどりの植物知識でも、なんとかなるかもしれなかった。

しかしそれを伝える前に、沈みきっている光弥を励ますほうが先決か。

一人っ子のみどりにとって、兄弟間のあれこれはあくまで想像の域を出ない。励ませうにも、どう切り込めばいいのかが難しいところだ。

（そういえば、実咲くんはお兄さんがいたよね……？）

みどりを妹扱いしてくる彼だが、過去に兄がいると話していたはずだ。

チラッと、実咲のほうに視線を遣る。カウンター越しに黙って話を聞いていた彼は、心なしか硬い表情をしていた。

「実咲くん……？」

どうしたのだろうと心配になり、みどりは遠慮がちに声をかける。

いつものホッとする自然体な雰囲気が鳴りを潜めて、所在なげに佇む幼子のような、そんな不安定さも感じた。

「……ん？　みどり、呼んだ？」

「う、うん。えっと……大丈夫？」

「なにが？　特になんともないけど。兄弟のいざこざって、なかなか面倒だよね」

そう笑った実咲は普段どおりだったが、みどりはやはり違和感を覚えた。潤が「そりゃあお前は面倒だろうよ」と、何気なく零せば、実咲の目がすうっと細まる。

「潤、ペナルティ三回で出禁だよ」

「は？　まさかお前、あのこともみどりちゃんに秘密なのか⁉」

「はい、出禁」

「あー！　わかったよ！　ったく、一番面倒なのはお前だよな」

なにやらまた、意味ありげな会話を交わす潤と実咲。

訳知りな潤に、一度収まったはずの嫉妬心めいた感情が、みどりの中でムクムクと顔を出す。

(実咲くんたら、潤さんばっかり……！)

疎外感が本格的に寂しくなってきたが、今は光弥のことが優先だとみどりもわかっている。

この話題は実咲に振ってはいけない気がしたので、みどりは自分でなんとかしようと、言葉を選んで光弥に語りかけた。

「その、光弥くんはきっと、音弥くんに誤解されたのがなにより悲しかったんだよね。面白半分で枯らすなんて、そんなことしないのにって……」

「うん……俺、音弥から信用なかったんだって思った。あんなふうに言われるなんて、気分最悪だった。悪ふざけすることもあるけどさ、弟が本気で大事にしているもん、兄貴の俺がふざけてダメにするわけねぇじゃん」

「……いいお兄ちゃんだよね、光弥くん。信頼がないなんてこと、たぶんないよ。音弥くんの言葉は本心とは違うんじゃないかな」

「みどりちゃんの言うとおり！　弟くんは慣れない喧嘩の勢いで、つい言っちゃっただけだと思うぜ？」

明るく割って入ってきた潤は、しょぼくれる光弥の背をポンポンと撫でる。

「俺は一人っ子だしよ、兄弟喧嘩の経験なんざないけどな。いつもはお姉さんもお墨付きの仲良し双子なんだろう？　弟くんも頭が冷えれば、お兄ちゃんはそんなことしないってすぐわかるはずだぜ？　あっちも案外、心にもないこと言ったって、謝りたがっているかもな」

光弥を撫でる褐色の手は、大人の男の包容力であふれていた。

こういうスキンシップはみどりにはできないので、やっぱりコミュ力おばけだなと素直に舌を巻くばかりだ。

「そうかな……音弥も、俺と仲直りしたいとか考えているのかな」

「うんうん！　ただ、サボテンを枯らしちゃったことは事実だから、謝るなら光弥くんからがいいね」

「俺から謝って……許してくれると思う？　音弥の奴、マジで見たことないくらいマジギレだったし。律子さん殺害罪は、たぶんすげぇ重罪じゃんか……」

これだけ後押しされても、まだ光弥は臆しているようだ。音弥の怒り方は本当に凄まじかったのだと察せられる。

音弥も音弥で、その激情は仕方のないことだろう。

『初恋の人』からもらった物は、それだけ特別で、替えの利かないものなのだと、みどりもそこは非常に共感してしまう。

（実咲くんは覚えていないかもだけど……小学校の卒業祝いでもらったネックレス、実家の小箱に大事に仕舞ってあるからね）

つけているところを見せられなかったのは、いまだに無念だ。あれが他者によって損なわれることがあれば、みどりとてマジギレするだろう。

ここでみどりは、ひとつの可能性を提示する。

「実はね……まだ律子さんには、復活できる道があるよ」

「えっ⁉」

「サボテンの根腐れには、『胴切り』っていう対処法があるの」

腐敗が全体まで進んでいると厳しいが、一部なら腐敗した部分をカットすることで、まだ十分蘇生させられる。

キチンと消毒した刃物でサボテンをカットし、断面をよく乾燥させてから、新しい土に植え替えるのだ。

「本当は春とか秋とか、あったかくて湿度が低い、サボテンが育ちやすい時期にやるのが最適でね。夏は高温多湿でオススメはしないんだけど……涼しいお部屋とかでやれば、なんとかなるかな。試してみる価値はあるよ！」

「や、やる！　やってみるよ、俺！」

ガタンっと木製の椅子を倒さんばかりの勢いで、光弥は立ち上がって食いついた。

百パーセント成功するとも言えないが、なにもしないよりは挑戦すべきだろう。

みどりはねだられて、胴切りの詳しい工程をメモして渡してあげる。

また光弥ひとりで行うのではなく、音弥と先に仲直りした上で、ふたりでやるようにも伝えた。

光弥ひとりで行って失敗したら、余計拗れるおそれもあるので念のためだ。

それに兄弟で手を取り合って共同作業することで、喧嘩の禍根もなくなればいいと思った。

「……ふんふん、よし。あの、ありがとうございました！」

光弥はメモを読んでから握り締めて、ラスト一口のグラタンを食べ終えると、立ち上がってお辞儀した。武道で培ったのだろう、腰が綺麗な直角だ。

「俺はもう行きます！　相談にも乗ってもらって、ご飯も美味しかったし、このレストランに来てよかった！　ちゃんと音弥と律子さんにも謝って、この方法で復活できないかやってみます！」

最後に意外なまでの礼儀正しさを発揮し、もう一度「ありがとうございました！」と繰り返した光弥は、お金を置いて猛ダッシュで箱庭を飛び出す。パキラの横に立てかけてあった竹刀袋も、ちゃんと忘れず担いでいった。

鍛えた健脚でどんどん小さくなっていく背中に、みどりは辛うじて「ま、またのお越しをお待ちしております！」とだけ投げかけた。

「ははっ、若いって勢いがあっていいな」

「せっかくデザートの用意ができたんだけど、食べずに帰っちゃったね」

潤が豪快に笑っているところで、トレーを持った実咲が厨房から出てくる。潤は「おっ、本日のデザートはなんだ？」と、そのトレーを覗き込んだ。

「トマト尽くしで、こっちはミニトマトを使った『ドライトマトのパウンドケーキ』だよ」

いつぞやのイチゴ尽くしのように、実咲は採れたてのものをとことん使う趣向だ。

オーブンでカラリと焼いたミニトマトは、生とはまた一味違う魅力がある。ぎゅっと凝縮された旨味がやみつきになり、あらゆる料理だけでなく、デザートにも活かせるのだ。

実咲が作ったパウンドケーキも、ふんわりした生地からドライトマトの赤が覗き、そこにハーブの一種であるオレガノも練り込んである。

和名で『花薄荷《はなはっか》』と呼ばれるオレガノは、香り付けによく用いられるハーブで、トマトともよく合う。

生クリームもたっぷり添えられていて、なんとも美味しそうだった。

「もったいないし、光弥くんの分はみどりが食べる？」

「い、いいの⁉　でもまだ接客中だし……」

「どうせ客はもう潤だけだから」

実咲の潤への扱いは、気が置けないゆえにとことん雑である。

当の潤は「一緒に食べようぜ、みどりちゃん」と笑って、まったく気にしていないようだが……。

「それにみどりの植物知識のおかげで、光弥くんは希望が持てて、謝ることにも前向きになれたわけだからね。そのお礼とご褒美だよ。今回は俺、お悩み面ではなんの助けにもなれなかったし」

いたって軽く実咲は自嘲するが、みどりは役に立てた！　という喜びの前に、やはり本調子ではなさそうな実咲を案じてしまう。

実はみどりと潤が光弥を励ましている間も、実咲の端正な顔は隠し切れない憂いを帯びていた。踏み込めそうにないのが、みどりはもどかしい。

その代わり、努めて明るい声を出す。

「実咲くんの料理で気持ちが解《ほぐ》れなかったら、光弥くんもあそこまで素直になれなかったよ！　前にも言ったでしょ？　実咲くんの料理は誰かを救えるって！」

みどりは「これはありがたく頂くね！」と、パウンドケーキの皿をトレーから取った。

実咲は束の間、きょとんとしたあどけない顔を見せる。

それからふわりと、相好《そうごう》を崩した。

「そうだね。みどりはそう言ってくれる子だよね」

実咲は長い指先を伸ばして、みどりの頬を掠めるように撫でる。その慈しむような触れ方に、みどりの頬はトマト並みに真っ赤になった。

「み、実咲くん、あの……!?」

「そこのバカップルさん？　イチャつくのもいいが、潤お兄さんにも早くパウンドケーキを頂けませんかね？」

お砂糖のような空気を霧散させたのは、カウンターに頬杖を突く潤だ。みどりはすっかり、実咲以外の存在を彼方にやっていた。

「す、すみません、潤さん！　すぐにティーセットの準備も……！」

「いいよ、俺がやるから」

まだ赤い頬であわあわするみどりに反し、実咲は冷静な対応だ。彼は厨房からカモミールティーの入ったポットとカップを持ってくると、パウンドケーキの皿と共に潤の前へ置いてやる。

潤はお行儀悪く、ケーキを手で摘まんで齧《かじ》った。

「んっ！　ドライトマトって、フルーツみたいな甘さなんだな！　生地もしっとりしていてうめぇ。こりゃおやつにいいわ。みどりちゃんもここ座って食えよ！」

ポンポンと、潤は光弥が座っていた席を叩く。

遠慮するのもバカらしくなって、みどりは促されるまま腰掛け、デザートフォークを手に取った。生クリームを塗りたくって、頬を膨らませながらケーキを食べる。

実咲はそんなみどりを、例によって例のごとくニコニコと見つめている。はーちゃんの食事風景も、同じように彼はいつも幸せそうに見ているので、単にいっぱい食べる生き物が好きなのか。

なんにせよ、もう憂い顔でないことにみどりは胸を撫で下ろした。

「……実咲のこと、今後もよろしくな、みどりちゃん」

「え」

「話してないことも多いみたいだけどよ、実咲にはみどりちゃんが必要不可欠みたいだからな」

真横のみどりにだけ聞こえるように、潤はそう呟いた。

存外真剣な響きに驚き、みどりは潤の顔を仰ぎ見るも、彼は素知らぬふりでフォークを動かしている。

(親友を頼む……ってことでいいのかな？)

彼に対抗心を持っていた身としては、拍子抜けしつつも少し嬉しい。

だけどせっかく託されても、その話されていない実咲の秘密を教えてもらうには、予想より根気が要りそうなことも事実だ。

(そういえば、サボテンの花言葉には『忍耐』っていうのもあったっけ)

現実逃避に、新しいサボテンさんを私も購入しようかな……などと考えながら、みどりはドライトマトの甘みを噛み締めた。

＊　＊　＊

光弥の来店から数日後。

実咲からバイト代が出たタイミングで、みどりはレストランからほど近い、大型のホームセンターへと足を運んでいた。行きつけのガーデニングコーナーは、置いてある植物も用具も豊富で、なんでもそろっているのが魅力的だ。

（あれ？　あの制服って……）

そこでみどりは偶然、光弥らしき後ろ姿を見つけた。

傍らには顔立ちのよく似た、だけど雰囲気の違う男の子もいて……。

「決めた、俺はこのサボテンにする！」

「これけっこう高いけどいいの？　兄ちゃんもサボテン育てたいっていうから、一緒に選びに来たけど……もっと小さいのから始めたら？」

「いんだよ、律子さんより大きいの育てたいから」

「一回殺しかけたくせに……」

「そ、そこは謝ったし、無事に復活したんだからいいだろ！　とにかく、俺はこれにするからな！」

「はあ……枯れても知らないからね」

……などと賑やかな言い合いをしながら、居並ぶサボテンたちの値段を見比べていた。どこからどう見ても、仲の良い兄弟の図だ。

みどりは声をかけるのを止めて、「よかったね」と小さく呟くと、ふたりがいなくなるまで別のコーナーへと向かったのだった。

四皿　薔薇のお屋敷と抹茶カスタードアップルパイ

「いただきます」

和モダンな一軒家のダイニングで、みどりは手を合わせてから箸を取る。

テーブルには家政婦の日下部が作ってくれた、いかにも家庭料理らしい肉じゃがや玉子焼き、豆腐の味噌汁などが並べられている。和食においては忘れてはならない、ホカホカに炊けた白米も。

今夜のみどりは一人暮らし中のアパートではなく、実家のほうに立ち寄っていた。お風呂もこちらで入って、父の林太郎と夕食を取っているところだ。

林太郎の退院からもう半年。

季節が春から秋に変わっても、みどりはいまだふたつの家を頻繁に行き来し、父の監視も引き続き行っていた。

まだ父が心配……というのもあるが、単純に親子で過ごす時間も悪くはないのだ。

向かいに座る林太郎は、ジャガイモを突きながらのほほんとテレビを見ている。みどりとよく似た素朴な面立ちに、愛用のボストン型の黒縁眼鏡。ひょろりとした痩身は、それでも最近ちょっと肉付きがよくなってきた。

みどりが日下部と相談して、料理の量を心なしか増やしてもらった成果だ。そこにプラスして、オマケの一品もある。

「おっ！」

その一品に口をつけたところで、林太郎の顔が綻んだ。

「この味のついた刺身みたいなの、旨いなあ。日下部さんの料理も家庭的で美味しいけど、これはまた違ったテイストで……実咲くん作かい？」

「そう、それはバイト先からもらってきたカルパッチョだよ」

実咲は食材の余りで、その場で食べるまかないだけでなく、時々お持ち帰り用の一品も手がけてみどりに渡してくれる。こうして夕飯のおかずとして並ぶこともしばしばで、料理に疎い林太郎でも判別がつくようになってきたようだ。

紫タマネギやパプリカがあしらわれた『白身魚のカルパッチョ』を、みどりも頂く。

サッパリとしたレモン風味で、どんな料理とも合いそうだ。

和食のラインナップの中では少々浮いてはいても、美味しいので問題ない。

〝美味しい〟がすべてである。

実咲作だと当てた林太郎は、「ああ、やっぱりそうか！」とさらに箸が進む。

「みどりが小学生の頃にも、彼には世話になっていたんだろう？　僕もそろそろ会っておかなきゃなあ」

「レストランに来れば会えるよ。今度の仕事の休みとかに予約しておく？」

『でも僕がいかなくても、実咲くんがそのうちこっちに来てくれるんじゃないか。それを待ったほうがいいかな』

「……？　なんで実咲くんがうちに来るの？」

白米のお茶碗を抱えて、みどりはハテナを頭上に浮かべる。

『なんでって、付き合っている相手の父親に、挨拶しに来るのは当然だろう』

「はいっ⁉」

みどりは危うく、手が滑って茶碗を床に落としかけた。

なにやら林太郎は大いなる誤解をしているようだ。

(きいろに潤さんと続いて、お父さんまでそんな……⁉)

なにか陰謀めいたものさえ感じ、みどりは動揺しながら否定するも、林太郎は「料理上手な実咲くんと結婚すれば、みどりは安泰だな。嫁に出すのは寂しいけど……」と勝手にしんみりしている。展開も飛びすぎだ。

「もう、どうしてみんな同じ誤解をするかな！　私と実咲くんはなにもないってば！」

「だけど、みどりの初恋は彼なんだろう？」

「……私、お父さんにそんなこと話した？　話してないよね？」

当時の実咲との思い出は軽く説明したが、それだけのはずだ。

なお小学校の時は、実咲のことも『緑の家』のことも、みどりは林太郎にまるっと秘密にしていた。友達の家に遊びに行って、たまにご飯もお相伴にあずかっている……くらいの、ふわっとした内容でごまかしていたのだ。

幼いみどりにとって、あの場所はあまりに特別すぎた。

それこそ、魔法で作られたお城のように思っていた。

誰かに明かせば魔法は解けて消えると、半ば本気で信じていて、なるべく胸に秘めていたのだった。

(結局、私がなにもしなくても、魔法は解けちゃったけどね)

恥ずかしいほど夢見がちな自分がいたからこそ、今の『箱庭レストラン』で実咲と働いている現状も、みどりは時々夢か妄想なのではと疑ってしまう。

そんな娘の少々拗れた思考など露知らず、林太郎は「初恋とか直接は聞いていないけどさ」と、呑気に続ける。

「彼の話をしているみどりを見れば、みんな察するんじゃないかな。あの年齢なら初恋だろうし。鈍いお父さんでもわかったぞ」

「う、うそだぁ……」

いたたまれず、みどりは全身が熱くなった。

四十インチのテレビ画面では、お笑い芸人がバラエティ番組で激辛料理と闘っているが、それに負けず劣らずの火照り具合だ。

（そりゃあ実咲くんのことは、今も昔も……好きか嫌いかで問われたら、百パーセント好きだよ！　好きだけどさ！）

過去の〝好き〟が明確に、憧れを多分に含んだ恋だったことも認める。

だけど現在の実咲を、そういう意味で好きなのかは、相変わらずみどりには測りかねていた。

もう結婚もできる年齢だ。昔のように単純にはいかない。

それに、いくらみどりが恋愛的な好意を向けたって、実咲が同じ好意を返してくれる気がしなかった。彼の中ではやはりまだ、みどりは小さく幼い妹の枠を出ていない疑惑があるのだ。

だから不毛な恋の蕾は、小学生の時から眠らせたままで、無理にふくらませなくてもいいはずだ。

しかしそう考えるのはみどりだけで、潤やきいろを含めた周囲は違うらしい。

「僕は実咲くんになら、みどりを任せられると思っているよ」

「……まだ会ったこともないでしょ」

「僕が親としてちゃんとできていなかった時に、娘を支えてくれた相手……っていうだけで、一次審査は花丸合格なんだ」

「お父さん……」

なんの審査だとはツッコまなかった。

親としてちゃんとできていなかった、などと言うが、母親の代わりになろうと頑張ってくれていたことは、当時から百も承知だ。

「そうじゃなくても、話を聞いているだけで優良物件というやつだろうね。イケメンで料理上手なんて、うちの会社の女の子たちも放っておかないよ。若いのにレストラン経営っていうのも立派だよなあ」

「実際に実咲くんはモテモテだよ。常連の奥様とか若い女性にも、『箱庭のプリンス』とか呼ばれているし……」

「ははっ、それは呼ばれてみたいあだ名だね」

その当の実咲には、「みどりのほうが『植物プリンセス』だよな」とからかわれたことは割愛しておく。

「しかも完全紹介制の予約制って、かなりお客さんが限られていそうだけど、経営は順調なんだろう？　そこもスゴいよ」

「それは……確かに……」

みどりも密かに疑問は抱いていた。

『箱庭レストラン』はお値段もお手頃だし、一日で捌《さば》くお客の数もけっして多いわけではない。それで成り立つものなのか、と。

「実咲くんは、他にお仕事はしていないんだよな？」

「副業ってこと？　……たぶん」

「彼のご家族とかは？　もうとっくに挨拶はしたか？」

「ちょ、ちょっとストップ、お父さん！」

林太郎の質問は根掘り葉掘りで、完全に娘のお相手として実咲を据え置いているからだろう。明日には結婚式場の話までしそうな勢いだ。

実咲に関するあれこれなんて、みどりのほうが知りたいくらいなのに。

（でも……実咲くんは、私には教えてくれないんだよね）

胸の奥にさざ波が立つ。

いい加減気になるし、根気よく待つのもそろそろ限界だ。

だけど本人に切り込むタイミングは難しく、勇気もいる。それならばせめて先に、この不安定な彼への感情についても含め、誰かに相談しておきたかった。

（でも、誰に……？）

いつもは相談を受ける側の実咲に関する相談なので、箱庭では話せないのがつらい。いまだ質問を重ねてくる父には当然無理だし、きいろに恋愛系とも取られかねない話題は今NGだ。

彼女は夏のうちに彼氏を作ろうとするも惨敗し、架空のマッチョ彼氏とのデートプランも泡沫《うたかた》に散ったそうだ。「やっぱり恋より友情だよ！　友達同士でとことん遊び倒そう！」と開き直っている最中である。

一過性の衝動だろうが、みどりはうんうんと同意してあげているところだ。

下手な話題で、友人の傷口に塩は塗りたくない。

（あとは潤さん……一番いろいろ相談に乗ってはくれそうだけど、なんやかんや親友の秘密は守りそうだしなあ。そもそも聞くだけで気が引けるよね）

それに潤に会うには、今のところ彼の勧めるバーに行くしかなかった。あの大人っぽくてハードルの高そうなバーに。

個人的な連絡先は聞き損ねた、というよりも、潤の連絡先を知ること自体を実咲が許さなかったのだ。

すると、もう話せる相手はひとり……いや一匹しかいない。

「そんなわけで、はーちゃんはどう思う？」

「キュイッ」

翌日の日曜日。

朝からみどりはレストランであくせくと働いて、時間はもう夕方だ。

なぜかここ一週間ほど、店は実咲の一存で早仕舞い。十六時以降の予約はお断りしていたので、みどりはテーブルを拭いて、お皿を洗って、床の掃除をして……と、締めの業務をひととおり終えて、もう帰り支度も済ませていた。

だがすぐに帰ることはせず、今は二階の実咲祖父の書斎にて、はーちゃんに相談を持ちかけているところだ。

「だいたいさぁ、なんで実咲くんは私にあそこまで隠すんだろう」

「キュイキュイ」

「ね、そこも謎だよね」

まるで会話が成立しているようだが、もちろんみどりにハリネズミ語がわかるわけではない。

本当ならば誰か〝人間〟に相談した上で、意見をもらいたいところだったが、残念ながらもともと友人の少ないみどりには、身近に適任がいなかった。

一方的にはーちゃんに話して、自分の考えを整理することにしたのである。

それになんとなくだが、多少の意思疎通ならできている気もする。

「直球で本人に聞いてみるしかないのかな……でもなんて？　実咲くんの家族のこととか、レストランの営業事情とか、開業までなにしていたのとか、どれも切り出しづらくない!?　気まずい質問しかないよね？」

「キュイー」

「真面目に聞いてよー！　はーちゃんー！」

「キュイーキュイー」

夜行性ゆえに寝起きのはーちゃんは、ケージの中で回し車を回すでもなく、ベッド代わりにしてだらけながら鳴いている。

対するみどりはワークチェアに腰を沈め、嘆きつつも麻紐を編んでいた。手慰《てなぐさ》みに作っているのは、お手製の『プラントハンガー』だ。

観葉植物を吊るして飾る用のアイテムで、袋状に紐を編んで鉢を入れるだけで、ずいぶんとオシャレになる。鉢の置き場所がない時にも便利だ。今回は店の入り口横にあったものがほつれていたので、発見したみどりが一から作ることにした。

みどりは料理の才能は皆無だが、別に不器用というわけではない。

むしろ地道な作業は得意なほうだ。

「悩みが解決する前に、こっちは完成しそう……」

手元に視線を落として、ふうと溜め息をひとつ。

完成したプラントハンガーに入れるのは、『グリーンネックレス』という観葉植物。

ツルに連なる小さな玉の粒が、まさにネックレスのような愛らしい見目で、そこから連想するのは実咲からもらった例のものだ。

(あのネックレス、つけたのは一回きりだったな)

実咲に真新しい中学の制服を、結局見せられなかった時だけ。

昨晩ふと思い出して、実家の自室にある小箱から出して眺めてみたが、緑色に輝くパワーストーンは今見ても綺麗だった。デザインだってシンプルだが品がよく、大人でも差し支えなく使えるだろう。

例えば――眠らせた初恋の蕾が、今もう一度花開くならば。

（またあれをつける日も来るのかな……？）

　ぼんやりと、みどりがそこまで考えた時だった。

　トントンとドアがノックされて、真っ先にはーちゃんが「キュイッ！」と鼻先を上げる。

「まだ帰ってなかったんだね、みどり」

　入ってきたのは、みどりの思考を今まさに埋めていた実咲だ。

　サラリと揺れるダークブラウンの髪も、端正な甘い顔立ちも、今は彼を象《かたど》るすべてをなんだか直視できない。

「う、うん……プラントハンガーも作っちゃいたかったし、起きたはーちゃんと遊んでいたというか……」

「仲が良くてなによりだよ。ハンガーもできたんだ、いい感じだね」

「か、完成まではあと少し、かな？　うん！」

　ぎこちなくも、みどりはなんとか実咲の前で平静を装う。

　だが不自然すぎて、実咲に「……なにかあった？」と訝しがられてしまう。

「なんにもないよ！　本当に！」

「子供の頃からみどりはウソをつく時、髪を弄る癖があるよね」

「うえっ⁉」

無意識に髪に伸びていた指を、慌てて引っ込める。しかしこれでは、ウソをついていると認めたようなものだ。

バカ正直なみどりに、実咲はやれやれと肩を竦める。

「まあいいよ、無理に追求はしないであげる。みどりを困らせたいわけじゃないし」

「あ、ありがとうございます……」

「俺のことで困るみどりは可愛いけどね」

「ん……？」

なにやらサラッと問題発言をされたが、サラッとしすぎていてみどりは聞き間違いかとも思い、うまく反応できなかった。

呆けている間に、何食わぬ顔で実咲はケージのそばまでやってくる。軽く屈んで、はーちゃんと目線を合わせた。

「うん、体調はよさそうだね。連れ出しても大丈夫そうかな……今から君の元ご主人様のところに、『出張・箱庭レストラン』に行くよ」

「キュイー！」

明らかにテンションを上げるはーちゃん。

我に返ったみどりは、聞き慣れない『出張』という単語に意識を取られる。

「それって、こっちからお客様のところに出向くってこと……？」

「そうだよ。吉田様を紹介した、誉様って名前は覚えている？」

「レストランのお得意様だっていう……？」

そのわりに、みどりはまだ会ったことはない。

なんとその誉は、このレストラン開業時のお客様第一号であり、はーちゃんを実咲に譲り渡した人物でもあるという。

「誉様はとても忙しい人でね。なかなかレストランに来る時間を取れない上に、足を悪くしていてさ。それなら俺から行こうかってことで、特別にご依頼があれば出張サービスをしているんだよ。はーちゃんも連れてね」

「なるほど……」

今回はずいぶんと間が空いたが、基本的に『出張・箱庭レストラン』は、誉が手隙になった時、祝い事や記念日の際などにもちょいちょいご依頼が入るそうだ。

ふと、実咲は思案気に頤に手を添える。

「……みどりもいっそ来る？　噂の誉様に会ってみる？」

予想外の提案に、みどりは目を丸くする。

「いいの？　私が行っても」

「みどりがいいならもちろんいいよ。あっちの家でレストランを開くのに、お手伝いがいてくれるなら頼もしいし」

「す、する！　お手伝いするよ！」

どんな心境だろうと、実咲の役に立ちたい想いは変わらない。

勢いよく挙手したみどりに、実咲は柔らかく微笑んで、はーちゃんもキュイキュイと嬉しそうに鳴いた。


隣町の誉宅までは、レストランからさほど距離はなく、毎回食材や道具を持って車で向かっているそうだ。

車を運転する実咲が見られることにワクワクしていたみどりだったが、近隣の時間貸駐車場に置かれていた彼の車が、明らかに高級車だったことに慄いた。

「み、実咲くん……この車って……」

白のスタイリッシュなボディの外車は、車に疎くともお高いことはわかる。

「あー……この車は借りているだけだから。名義、俺じゃないし。好きに使っていいとは言われているけどね」

「む、無償で貸してくれる人がいるってことだよね？」

「……まあ。昨日相手のとこに借りに行った感じだけど、みどりが気にすることじゃないよ」

これもまた、実咲にとっては触れられたくないことらしい。

みどりはもう、こんなものをホイホイ貸してくれる知人が、実咲にいる事実がわけがわからなかった。左ハンドルの車なんて乗るのは初めてである。

(前のウン万円するサプライズカップをくれた人と……まさか同一人物？)

そう邪推するが、真相は藪の中だ。

みどりを助手席にエスコートしたあと、さっと運転席に乗り込む実咲は、高級車には無関心そうである。

「実咲くんは車にはこだわりないタイプ……？」

「最低限走れたらあとはどうでもいいかな」

「どうでもいいって……興味ないものにはとことんないよね、昔から……」

「強いて言うならこの車、揺れがまったくないから、はーちゃんの移動には便利かなってくらい」

ハリネズミはもともとストレスに弱く、移動中に揺れや音が強いと体調を崩してしまう。専用のキャリーバッグに移されたはーちゃんも例外ではない。

もちろんキャリーバッグはしっかりと、助手席でみどりが膝に抱えるつもりだが……。

（……ツッコミどころが多すぎるよ）

実咲の謎は、解決するどころか深まるばかりだ。

そんなやり取りを経て、ふたりと一匹は秋らしく澄んだ空の下を発進した。

実咲の運転は慣れていてスムーズで、車は本当に揺れも音もなく、見たところはーちゃんも障りなさそうだった。

ほどなくして車は都市部から、人通りの少ない山の方面へと向かう。車窓越しの風景が色付いた木々に変わり、自然豊かになってきた頃、静かにタイヤが止まった。

「ここが誉様のお家……⁉」

現れたお屋敷に、みどりは度肝を抜かれる。

赤茶のレンガ塀の向こうに広がるのは、見事なイングリッシュガーデン。

秋咲きの薔薇たちが気高く咲き誇り、ツルの絡んだアーチやガゼボも遠目で窺える。

そんな薔薇たちに守られている建物は、古きよき造りの大きな洋館だ。茜色に染まる尖塔や、張り出し窓にも異国情緒がある。

（『緑の家』は広い庭に小さな家で、メルヘン味が強いけど……こっちは広い庭に大きな家で、単純に豪邸！）

みどりはキャリーバッグを抱く手に力を込め、場違い感に縮こまった。

セール品の激安Tシャツにカーディガン、着古したスキニーパンツという格好では、ドレスコードに引っかかるんじゃないかと不安になる。少し前にホームセンターで新しい観葉植物をお迎えしたので、秋物の服を買うお金をケチったのだ。

（あの時、サボテンだけで止めておけば……！）

ひとり後悔するみどりの隣で、運転席の実咲は車窓から身を乗り出す。

「こんにちは、『箱庭レストラン』の実咲です」

聳《そび》え立つ門の前で、防犯カメラに向かって実咲がそう名乗ると、程なくして門が自動で開いた。

スイスイと、車は中へと進んでいく。

「みどり、もしかして緊張している？」

「そりゃするよ！　こんなハイクラスなお家！　あ、まさか前のサプライズカップとかこの車って、誉様から……？」

「いいや、違うね」

アッサリ否定されて、みどりは肩透かしを食う。

実咲は「そんなことより」と、窓の外に一瞬視線を馳せた。

「みどりは庭をよく見ておいたほうがいいんじゃない？　誉様は生粋の薔薇好きで、ここは街の人たちから『薔薇のお屋敷』って呼ばれているらしいよ。春に来たほうが、一気に咲いていて華やかだったんだけどね」

「薔薇のお屋敷……素敵！　秋の薔薇も私は好きだよ！」

植物の話題を出されたら、みどりはそちらに引っ張られるしかない。

盛りの春と比べ、秋はツル薔薇があまり咲かず、花数も少ないのでパッと見は確かに少し寂しい。

だが秋の薔薇には、秋の薔薇にしかない美しさもある。秋は気温が下がるにつれゆっくりと花開くので、花の色が濃くなり香りも深まるのだ。庭にはその特徴が活かされ、落ち着いた気品が満ちていた。

お屋敷の真ん前で車を停めると、白いエプロンをつけた女性たちが五人ほど待機しており、皆が一斉に「お待ちしておりました」と腰を折る。

メイドさんというやつだろうか。みどりは「漫画みたいだ……」と思わず呟いた。

その中でも一番年高の、まとめ役らしき女性が一歩進み出る。

「実咲様が来られる日を、誉様は大変楽しみにしておりました。私どももまたお会いできて光栄です」

「ただの一レストラン経営者にかしこまりすぎですよ」

爽やかな笑顔を見せる実咲に、他の年若いメイドさんたちが「噂の『箱庭のプリンス』さん、カッコいいですぅ」「一度お目にかかりたかったの！」「眼福《がんぷく》……」とここそこで盛り上がっている。

まとめ役の女性に即座に窘《たしな》められているが、みどりも一緒に盛り上がりたかった。

「申し訳ありません、この子たちはみんな新しく入ったばかりで……そちらのお嬢様は、お連れ様ということでよろしいでしょうか？」

「こちらも新しく入った、うちのスタッフだよ」

実咲の紹介を受けて、みどりは慌てて頭を下げる。メイドさんたちもお辞儀を返してくれた。

はーちゃんの入ったキャリーバッグは、若いメイドさんのひとりが預かってくれ、実咲の持つ道具や食材が入った保冷バッグもまた、どこからか現れた男性の使用人が受け取った。

男性は先《さき》んじて消え、どうやらバッグはキッチンに運んでおいてくれるようだ。

「それでは、応接間までご案内致します」

「キュイ！」

はーちゃんがキャリーバッグの中で返事をすると、ほんのり場が和む。

まとめ役の人と、はーちゃんを持つメイドさんが歩きだして、みどりたちはその背に続いた。

屋敷の中はクラシカルな調度品の数々に、花瓶に生けた薔薇の花だらけだったが、様々な国の風景を撮った写真も額縁に飾られていた。

（誉様は、薔薇好きの旅行好き……？）

通りすがりに写真を眺めつつ、みどりがそんなことを考えている間に応接間に到着する。

庭を見渡せる大きな窓ガラスに、揺れるエバーグリーンのベルベットのカーテン。天井にはキャンドルモチーフの優美なシャンデリア。薔薇の刺繍《ししゅう》が施されたクッションは、革張りのソファにふたつ置かれている。

ソファの前にはガラス天板のローテーブルがあり、さらにその奥には、車椅子に座るご婦人がいた。

「久しぶりね、実咲くん。どうにも忙しくて、そろそろ貴方のお料理が恋しかったわ」

婦人が赤い唇に品のいい笑みを乗せる。

歳は六十代前半か、もう少し若いくらいか。赤茶に染めた内巻きのミディアムヘアーに、総レースの黒のワンピース。羽織ったショールには大輪の薔薇模様。顔はほっそりした面長で、真っ直ぐ人を見つめる目には意志の強さが窺える。

（この人が誉様……）

彼女自身が凜と咲く一輪の薔薇のようだと、そんな第一印象をみどりは抱いた。

薔薇は『花の女王』とも呼ばれるが、誉には時々実咲が発するような、上に立つ者の圧に近いオーラも感じる。萎縮するみどりの腕をさりげなく引いて、実咲は誉のそばまで寄った。

「ご無沙汰しております。社長を退任しても、どこからも引っ張りダコのようですね」

「嫌になるわ、足の悪い老人にあれやこれやと仕事を押し付けて。私は隠居したつもりなのだけれどね」

「まだまだ現役ということですよ。ですが今日は特別な日ですし、煩《わずら》わしいことは全部忘れて過ごしましょう。ちょっとしたサプライズもご用意しておりますので」

「それは楽しみだわ。そうそう、はーちゃんも息災だったかしら？」

メイドさんがすかさず、テーブルにキャリーバッグを下ろす。誉は中からそっと、はーちゃんを両手に乗せて取り出した。

「キュイ！　キュイキュイ！」

「ふふっ、変わりないようね。実咲くんにお譲りして正解だったわ。ブリーダーの友人に飼い主探しを頼まれたとはいえ、私も信頼できない方には任せられませんから。……ところで」

スッと、誉の瞳がはーちゃんから移ってみどりを捉える。

「そちらの可愛いらしいお嬢さんはどなた？　実咲くんが女の子を連れてくるなんて驚いたわ」

「あ、あの、私は、その……！」

観察するような鋭い視線に晒され、みどりは動転して頭も口も回らなくなる。

そんなみどりの背に手を添えて「みどり、まずは深呼吸。それから名乗って」と、実咲が囁いた。

「すー……はー……え、えっと！　土間みどりと申します！　実咲くんとは幼馴染みで、今は『箱庭レストラン』で働いています！」

「みどりって……もしかして、前に実咲くんが話していた『大事な女の子』？　高校生の頃に、妹みたいに可愛がっていた子がいらしたって……」

実咲は潤にしたのと同じように、みどりとの思い出を誉にも語っていたようだ。

それだけみどりとの思い出を特別視しているのは嬉しいが、『妹みたい』という言葉を改めて叩きつけられると、やはり複雑である。

肩を落とすみどりの顔を覗き込むように、実咲は首を傾ける。

「……妹みたいだったのは昔の話だよ。ねえ、みどり？」

「う、うん……？」

（今のは……子供扱いに拗《す》ねていると思って、気を遣われた？）

実咲が続けて「『大事な女の子』なことは変わりませんがね」と、誉に宣言したが、今の凹んでいるみどりにはリップサービスにしか聞こえない。

やはりそもそも恋愛対象ですらないのだ……と痛感してしまう。

そんなどこかちぐはぐな実咲とみどりを見比べて、誉は「あらあら」とニンマリ口角を上げた。

「端から見ていればすれ違っている様はわかりやすいのに、当人たちにはわからないものね」

「……どういう意味でしょう？」

「実咲くんも色恋においては、まだまだ若造で安心したってだけよ」

意味を尋ねた実咲は理解したのか、少し苦い顔をしたが、みどりには誉の言う意味はサッパリ理解できないままだ。

微妙な空気の中、はーちゃんだけが誉の手の中でキュイキュイ平和そうに鳴いている。

そこで「ご歓談中に申し訳ありません」と、誉の後ろにもあるドアから、初老の男性の使用人が入ってきた。先ほどバッグを運んだ人とはまた別の使用人は、誉にそっと耳打ちする。

「……というご依頼ですが、どう致しますか？　電話に出られますか？」

「そうねぇ……今日は一切仕事はしないつもりだったんだけど、あそこは吉田くんの勤めている保険会社よね。仕方ないわ、話だけでも聞きましょう」

「かしこまりました」

聞きしに勝る多忙な誉は「ごめんなさいね、すぐに戻るわ」と、みどりたちに断りを入れる。そしてはーちゃんを膝に乗せ、使用人に車椅子を押してもらって別室へと消えた。

〝吉田〟とはあの、アイドルヲタクなサラリーマンの吉田だろうか。そういえば彼に箱庭レストランを紹介したのは、誉だったことをみどりは思い出す。

（誉様っていったい何者……？）

その疑問を察してか、実咲が答えてくれる。

「誉様は元・大手旅行会社の四代目女社長なんだ。いちガイドさんから登りつめた上に、着実に業績を伸ばした敏腕な経営者だよ。みどりも社名を聞けば絶対知っているだろうし、なんだったら誉様の名前で検索してみな」

「やっぱりスゴい人なんだ……し、調べてみる！」

さっそくカーディガンからスマホを取り出し、ネットで検索をかければ、ズラッと彼女の関連記事が出てくる。

とある記事では『旅行業界に君臨する赤薔薇の女王』などと大仰な異名をつけられ、載っているのも華々しい功績ばかりだ。

「数年前に後任を譲って第一線は退いたはずだけど、今でも業界問わず営業職や企画職向けのセミナーを開いたり、経営アドバイザーとして企業からの指導依頼を受けたり、精力的みたいだね」

「ビジネスの才能がカンスト……」

また彼女はちょっとしたサロンも設けていて、吉田はそこのメンバーらしい。

誉はメンバー内では『先生』と慕われ、見込みのある者や気に入った者はこの家にも招いて、友人のように親しくもしているとか。つまり吉田は、誉のお墨付きということだ。

（吉田さん……『うだつが上がらない』とか自虐していたけど、もしかして将来有望な人材なんじゃ……？）

彼の未知の可能性を見出だしたところで、三年ほど前の記事がみどりの目に留まる。

（『赤薔薇の女王×六条グループの若き次期社長候補・夢の対談』……『六条』って、実咲くんと同じ名字だ）

たったそれだけの繋がりだが、みどりは気になって記事をクリックしようとする。しかしその前に、誉が「お待たせしたわね」と戻ってきたので、慌ててスマホをしまった。

はーちゃんは電話中に眠ったのか、誉の膝の上でリラックスして丸まっている。くうくうと上下する針山が可愛らしい。

使用人の男性が慣れた様子で、用意した屋根付きのペットベッドの中に、はーちゃんを移す。高級そうなふわふわモコモコのベッドは、みどり宅のパイプベッドより寝心地がよさそうだ。

はーちゃんはそのままテーブルに置かれ、誉はみどりたちに向き直る。

「今日はこれでもう、電話も受けないことにしたわ。実咲くんはそろそろ調理に取りかかるのかしら？」

「そうですね。食材の下拵《ごしら》えはできるだけして持ってきたので、いつでも作り始められますよ」

「それなら私は、みどりさんとお喋りでもして待つわね」

「へっ？」

いきなり白羽の矢が立ったみどりは、ワンテンポ遅れて「私ですか⁉」と、己を己で指差す。

「で、でもあの、私は実咲くんのお手伝い要員で……」

「誉様のお相手をするのが、みどりの役目ってことで。頼んだよ」

実咲はそう任務を言い渡すと、足早に厨房へ向かってしまった。

誉と一対一など、正直緊張するのでみどりは遠慮したかったが、「せっかくですし、お庭を回りながらお話ししましょうか」と誘われたら、緊張よりも期待が勝つ。

（あの素晴らしいローズガーデンを見て回れるなんて……！）

わかりやすく釣られたみどりに、誉はおかしそうにクスクス笑う。

「実咲くんが話していたとおり、植物がお好きなのね。心行くまで、私の自慢の庭園を見てもらえたら嬉しいわ」

庭に出ると薔薇の香りが、秋風に乗って辺りに漂った。

気持ちまで華やぐような香りだ。

みどりは車椅子に乗った誉と、迷路のような広い庭をゆっくりと散策する。誉のそばには小柄なメイドさんも控えていて、主の命で車椅子を動かす以外は、影のように無言で気配を消している。

（いったい何人の方が、このお屋敷で働いているんだろう……）

本当に、みどりの日常とはかけ離れたお金持ちの世界だ。

しかし存外、誉は気さくに話しかけてくる。

「みどりさんはお詳しいでしょうけど、薔薇はお花の中でも特に品種が多いわよね。分類も細かくて、大きく分けてオールドローズとモダンローズ、そこから系統も様々。香りにさえ分類があるのだから、奥が深いと思わない？」

「はい。でもだからこそ、薔薇は愛で甲斐があるというか……！」

「さすがわかっていらっしゃるわ。私はね、単純に赤い薔薇が好きなの。ここも赤薔薇が多いでしょう？」

確かに今横を通った、ブッシュローズとも呼ばれる木立ち性の薔薇も、深みのある鮮やかな赤色だった。夕日に染まるとより深紅に見える。

雑誌記者あたりが名付けた『赤薔薇の女王』の所以《ゆえん》は、誉の好みにもあるのだろう。

「えっと……私も誉様には、赤の薔薇が似合う気がします。赤薔薇の花言葉って『美』や『情熱』、『愛情』とかですけど、どれもイメージにピッタリというか……」

「そうかしら？　あの人も初めてのデートで、同じことを言ってくれたわ。有名なバラ園の薔薇を見ながら……思えば、あれが薔薇好きになったきっかけね。あの人もバカのひとつ覚えみたいに、祝い事には薔薇のモチーフばかりを……」

「……あの人って、旦那様ですか？」

「ええ」

よく見れば誉の左手薬指には、薔薇のレリーフが施された指輪が嵌《は》まっていた。彼女が身に着けるにしては少々安っぽいが、不思議と違和感はない。

(祝い事……実咲くんも特別な日がどうとか言っていたし、今日はおふたりの結婚記念日とか？)

そう予想するみどりに、誉は手を広げて指輪がよく見えるようにする。

「カフェで雇われバリスタとして働いていた夫とは、私がまだ学生の頃に出会ったの。彼の淹れてくれるカフェラテがお気に入りでね。ラテアートの技術も見事なのよ。お客さんのリクエストにも応じたりしてね」

「ラテアート……！　私はコーヒーって苦手で飲まないんですけど、旦那様のアートは気になります！」

「頑固でバカ真面目な人柄だから、相当修行したそうよ。そういったところにも、いつの間にか惚れてしまってね。私の夫になってくださいって連日口説いたわ」

「さ、さすがです……」

「最初はまったく相手にされませんでしたけどね。粘り勝ちしてからは、まさに薔薇色の結婚生活だったわ」

銀の輪っかに、夕日がキラリと反射する。

また旦那さんは、ラテアートの写真を作品記録として撮るうちに、カメラ撮影も趣味になったらしい。

誉が旅行会社で異例の大出世を遂げてからも、必ず一年に数回はふたりで休みを合わせ、国内から海外まで飛んで写真を撮ったそうだ。あの廊下に飾られていた風景写真は、旦那さんが撮影したものだった。

指輪は彼の給料三か月分のようだが、どれだけ高価なものが買えるようになっても、誉にはきっとこれが一番に違いない。

(なんかいいなあ、素敵なご夫婦で)

ただ一点、誉の言い回しで気になるところもある。

不躾《ぶしつけ》な質問かとためらったが、みどりは確認しておきたくて、ツル薔薇のアーチを抜けたところでおずおずと口にする。

「あの……先ほど薔薇色の結婚生活『だった』っておっしゃっていたのは、その、旦那様は今なにを……」

「亡くなったわ、十五年前に交通事故で」

ヒュッと、みどりは息を呑む。

聞くべきではなかったかと急速に後悔するが、誉は訥々《とつとつ》と続ける。

「ふたりで空港に向かう途中だったの。車と車の衝突事故ね。お相手の方は病気を発症して意識がないまま、こちらに向かってきて……夫と共に即死。私は下半身不随になってしまったわ」

「そんなことが……」

不運な出来事だったとまとめるには、誉の過去はあまりにもつらく、みどりは顔を歪めて俯く。なんと言葉をかけるべきかわからなかった。

そんなみどりの手を、誉はやんわりと握る。

「そのような顔をなさらないで、みどりさん。あなたは素直で優しい方なのね」

「わ、私はそんな……っ」

「もうすべて過去のことよ？　脱け殻の時期は長かったけれど、私には仕事があったから。最愛の夫も、歩ける足も失った私でも、必要だと多くの人が言ってくれたから、どうにか立ち直れたわ。トップは退任したけど、旅行に関わる仕事は今でも一等好きよ」

「誉様……」

「それでも未練がましく指輪は外せないし、ひとりでも結婚記念日はずっと祝ってしまうのだけれどね」

薔薇の香りの中で、誉は寂しそうに瞳を伏せる。

やはり、今日は結婚記念日で正解だったらしい。

（私にもなにかできることは……）

彼女の寂寞《せきばく》を少しでも緩和できないかと、みどりはうんうんと考えた末に、「よかったら、旦那様との話をもっと教えてくれませんか？」とお願いしてみる。

（聞くべきじゃなかったかなとも思ったけど、もう聞いちゃったし……。誰かに話して偲《しの》ぶことで、心も軽くなるかなって）

みどりのお願いに、誉は虚を衝かれた様子だった。

だけどすぐに、「夫の話をまだ聞いてくださるの？」と顔を綻ばせる。

「嬉しいわ。毎日忙しくて、ゆっくり思い出す暇もないくらいだから……」

「だ、だったら余計ですよ！　特別な今日こそ、いっぱい旦那様のことを思い出してあげてください！」

「ふふっ、それもそうね」

「はい！」

生意気な自覚はあったが、もうみどりは開き直っている。

ちなみにみどりは実咲と再会するまで、家の植物相手……主にモンステラのモンちゃんに、実咲との思い出をたまに語っていた。はたから見れば不審な光景だろうが、部屋でコッソリなので無問題《モウマンタイ》だ。

胸の内を声に出すことで、ふとした瞬間に湧く会いたい気持ちを消化していたのだ。

定期的な寂しさのデトックスである。

そのことを鑑みると、実咲と再会できたのは奇跡以外のなにものでもなかった。

「じゃあ……そうね。これはイタリアに行った時なのだけど……」

そうして薔薇咲く庭を巡りながら、みどりと誉は思い出話に興じた。ただでさえ知識人な誉の話は面白く、時間はあっという間に過ぎていった。

旦那さんがオーロラの写真を撮れて大感激していた……という話を終えたところで、沈黙を守っていたメイドさんが誉に声をかける。

「……お楽しみのところ失礼致します。そろそろ実咲様の準備も整う頃ですし、お屋敷に戻られますか？　お体にも障ります」

夕暮れ時の冷たい秋風は、誉の体によいとは言えない。誉も頷き、揺れる赤薔薇に見送られながら来た道を辿る。

「先ほどはたくさん聞いてくださってありがとう、みどりさん。とても楽しかったわ。だから私からもひとつ、お礼代わりにアドバイスをさせて？」

「え……？」

屋敷に入るところで、誉はなにやらイタズラっぽくみどりに囁く。

「恋愛対象として相手にされていないなんて、勝手に自己完結して諦めず、大切な恋なら勝ち取りなさい。あなたの場合は、実咲くん相手に勝算しかないのだから」

「はっ⁉　えっ⁉　い、いや、なんのことですか⁉」

「恋のことよ。あなたも実咲くんもだだ漏れなんだもの。ああ、年の差とかも気にしているの？　あっても五歳か六歳でしょう？　私と夫なんて十一歳差よ、大丈夫」

ここにきて初耳の情報である。

旦那さんは誉より十一歳上で、年の差婚だったようだ。

油断していたところに、実咲との関係を引っ張り出され、みどりは混乱して口をパクパクさせる。誉は打って変わって生き生きとした表情だ。

「私はあなたたちの仲を応援するわ。将来は支え合える、よい夫婦になれるわよ……私と夫ほどじゃないけどね」

そう嘯《うそぶ》く誉はまるで、恋する年若い少女のような顔をしていた。


「いらっしゃいませ――ようこそ『出張・箱庭レストラン』へ」

誉に連れ立ってみどりも食堂に入れば、いつものソムリエエプロンに着替えた実咲が、恭しく迎えてくれた。

食堂は応接間よりシックな空間で、ベージュの壁紙に瀟洒《しょうしゃ》なデザインのランプシェード。白いクロスのかかったダイニングテーブルは、十人以上は座れる大きさで、すでに誉の席の前にはカトラリーなどが用意されていた。

そこに誉がついたところで、料理が次々と運ばれてくる。

前菜のレモン風味に仕上げたサンマのマリネから、キノコたっぷりの豆乳スープ、サツマイモのバター焼きを添えた牛肉の赤ワイン煮と、秋の味覚が目白押しだ。

誉からすれば庶民派な味だと思うのだが、彼女は完璧な所作で、実に美味しそうに残さず食べてくれた。

一品一品にも、丁寧な感想を忘れない。

「レモン風味がアッサリしていて、旬のサンマの旨味がそのまま活きているわね。ビーリーフや水菜の、シャキシャキした歯応えもクセになりそう」

「体の芯から温まるスープだわ。豆乳をベースに、玉ねぎも溶け込んでいるのかしら？優しい味わいで、キノコの使い方も贅沢ね」

「これは……口の中で牛肉がホロッと崩れて、サツマイモもホクホクだわ。使われているローズマリーは、実咲くんが育てたものかしら？　さすがね」

……などとひたすら褒めてくれるので、彼女は社長時代、褒め上手の理想の上司だったことが窺えた。

その和やかな食事風景を、みどりは立ったまま隅っこで見守っている。

給仕は使用人の皆さんがしてくれているので、みどりの出番が特にないのだ。

（私これ、存在自体いらなかったよね……？　誉様のお相手をすることが役目とか言われたけど、本当にお話しかしていないし）

おかげで手持ち無沙汰な分、庭で誉に焚き付けられた「大切な恋なら勝ち取りなさい」という助言が、頭の中をぐるぐる巡っている。

（大切な恋……でも、初恋は報われないって言うし……）

それは単なる言い訳にすぎないのか。

こうして予防線でも張らないと、実咲への想いが昔より深みにハマりそうで怖いのかもしれない。

「はあ……」

みどりが小さく溜め息をついたところで、もう誉のほうは食後のデザートタイムに差しかかっていた。実咲が「一番気合いを入れたのはここなんだ」と、通り過ぎざまにみどりに囁いていく。

「本日のデザートの、『ツル薔薇の抹茶カスタードアップルパイ』です」

実咲が出した大きな白い丸皿を前に、誉は「まあ！」と口元に手を当てる。

皿の中央には、みっつの薔薇が咲いていた。

片手で摘まめる大きさのそれらは、スライスしたリンゴを花びらに見立て、カスタードと共にパイ生地で巻き、こんがり焼き上げてある。皿の空いた部分には、トゲのついた枝と葉っぱがチョコペンで描かれ、ツル薔薇仕様にもなっていた。

チョコで象った葉の中が緑色になっているのは、抹茶パウダーか。パイのほうにも軽くかかっていて、それが皿の上に色の奥行きを生んでいた。

実咲は茶目っ気たっぷりに「秋はツル薔薇が咲かない代わりに、料理で咲かせてみました」と微笑む。

「なんと言っても、リンゴはバラ科ですからね。薔薇を象ったアップルパイはこれ以上ない組み合わせです。それに、秋は抹茶の旬でもあります。パイの中のカスタードにも抹茶が練り込んであるので、甘すぎない豊かな風味がリンゴを引き立てるかと」

「お抹茶も大好きよ。見た目も本当に見事だわ……夫がいたら、何枚も写真に撮っていたでしょうね」

「大切な結婚記念日のサプライズは、これだけではありませんよ」

最後の最後に登場したのは――カフェラテだった。

ただカップにエスプレッソを注いだわけではなく、表面にはラテアートが施されており、それは一輪の薔薇にリボンが結ばれている繊細な絵柄だ。

誉はピタリと動きを止める。その出来栄えに、みどりのほうが「わぁ……」と感嘆を吐いた。

実咲がラテアートまで作れるなんてたった今知った。しかもどこに出しても恥ずかしくない腕前で、それならお店でもっと披露すればいいのに……とも思う。

ハッと我に返った誉のほうは、緩慢な動作でテーブル横に立つ実咲を振り仰ぐ。

「……どんな魔法を使ったのかしら、実咲くん？　このラテアートは夫が記念日の度、必ず私のために作ってくれていた絵柄そのものだわ」

「今年は昨年を越える演出にしたくて、いろいろリサーチしたんですよ。情報をくれたのは使用人の皆さんです。誉様のいらっしゃらない隙を狙って、この屋敷に来て聞き込みしました。薔薇のラテアートの写真もご提供頂きましたよ」

「あなたたち……」

誉は室内にいる使用人の顔を見渡す。彼等は完璧な仕事人の様相をゆるませ、面映《おもは》ゆそうに笑い合っている。皆、主である誉のために協力できて嬉しそうだ。

誉は使用人にも慕われているらしい。

「エスプレッソマシンは、この家にあった旦那様のものをお借りしました。ただラテアートは、昔祖父に少し習っただけなので……。ムダにコミュ力があって交遊関係の広い友人に、大会で優勝経験もある方を先生として紹介してもらったんです。先月から教えを請い、特にこの一週間は彼のもとで猛特訓でした」

実咲が店を早仕舞いしていた理由がわかり、みどりはなるほどと納得する。同時に彼の努力に舌を巻いた。

（ムダにコミュ力があって交遊関係の広い友人……は、潤さんだな）

過去に一応の経験があり、もとよりなんでも器用にこなす実咲だが、潤を経由してでも、今日のために技術を磨いたストイックさは天晴れである。アートも美しくて、みどりは純粋に拍手を実咲に送りたかった。

……だけどやっぱり、このこともまたみどりは秘密にされていたわけだ。

誉のためにラテアートの練習をしていると、一言伝えてくれるだけでよかったのに。

(私は実咲くんに、もっといろいろなことを話してほしい……実咲くんのことが、ちゃんと知りたいよ)

これまでにないほど、そう強く意識する。

相手のことを知りたいと願うのは、〝恋の第一歩〟だともよく言うが、それなら実咲に対してみどりは昔からずっと願っていた。

そんなみどりの想いなど届かない場所で、当の実咲は「味の再現までは難しかったのですが、冷める前にどうぞ」と誉に勧めている。誉がなかなか、パイにもカフェラテにも手をつけないゆえだ。

誉は指先でそっと、カップの取っ手をひと撫でする。

「もう少し、この薔薇たちを目に焼き付けてから頂くわ。食べてしまうのが……記念日が終わってしまうのが、なんだかもったいなくて」

「今日一日はすべて記念日ですよ？」

「ふふっ、そうなのだけれどね。このカフェラテを飲み干すのが、終わりの合図な感じがするのよ。……あの人がいなくなってから、何度となく今日をひとりで祝ってきたけれど、眠る前はいつも虚しかったわ。胸に空いた穴を、自分でただ広げているだけな気がして」

そう吐露する誉は、存外頼りない顔をしていた。

それはきっと、どうあがいても埋められない穴なのだろう。

胸元に指輪のついた手を添えて、誉はしばし目を閉じたあと、「だけど」と瞼《まぶた》をゆっくり開く。

「今夜はなんだか、あの虚しさを感じなくて済みそうよ。みどりさんと夫の話をたくさんして、実咲くんにここまでしてもらったからかしら？　私は私が思っていた以上に、愛される主だったみたいだし……皆さんありがとう。私〝たち〟は幸せ者ね」

――ねぇ、あなた？

そう微笑んで、誉はなにもないところにカップを掲げた。

（あ……）

顔も知らない彼女の旦那さんを、みどりは車椅子の傍らに見た気がした。ほんの束の間の、脳が見せた幻だ。

実咲はもう言葉を尽くすことはせず、一礼して静かに下がる。そのまま視線でみどりに合図を送り、部屋を出ていった。使用人の皆さんもそろそろと実咲に続く。

今しばらくは、誉をひとりにしてあげようという計らいだろう。

最後にみどりが出る直前、視界に入った誉は両手でカップを抱えながら、幸福そうに一筋の涙を流していた。

「……今日は出張レストランに付き合ってくれて助かったよ、みどり」

「へ？」

食堂から応接間に移動する途中、みどりの隣を歩く実咲が不意にそんなことを言いだしたため、みどりは素で間抜けな声が出た。

助けた覚えはまったくなく、大袈裟に否定してしまう。

「わ、私は誉様とお喋りしていただけで……存在自体いらなかったくらいだよ！」

「そんなことないよ。みどりと旦那様の話ができて、誉様は心の底から楽しそうだったって、メイドさんに聞いたよ」

それはあの、車椅子を押して共に庭を回ってくれた人だろう。

「俺は今日一日を、誉様にとって寂しくて虚しいだけじゃなく、優しい記憶として残してほしかったんだ。だからあのパイとラテアートを用意したんだけど、なにより聞き上手なみどりの力が大きかったな」

「き、聞き上手、かな……？」

「というか、みどりは人にごくごく自然に寄り添うのがうまいんだよ。無理なくそこにいてくれる、観葉植物っぽいっていうか……」

「喜べばいいの、それ」

むしろ寄り添うのがうまいのは、実咲のほうだとみどりは思っていたので、なんだかしっくり来ない。『観葉植物っぽい』といのも微妙な評価だ。

植物好きとしては、植物に例えられて喜べばいいのかもしれないが……。

「とにかくいらないどころか、一番の功労者ってこと」

「わわっ」

ゆるりと労るように後頭部を撫でられ、みどりの胸がきゅうっと疼《うず》く。子供扱いだと抗議する余裕もなかった。

ほんのり切ないような、甘いような疼き。

深みにハマりそうで怖いなどと一歩引く前に、もう手遅れなのかもしれない。

「さて、応接間のはーちゃんを連れて俺たちは退散しようか。目標も無事に果たせたし、レストランに帰って、記念日の裏方を頑張った打ち上げでもしよう」

実咲の言葉に「そうだね」と頷きつつ、みどりはふと〝あること〟に思い至る。

（記念日といえば……確か来月って）

冬の入り口には、一年に一度の大事なイベントがあったはずだ。

臙脂《えんじ》色の絨毯を踏み締めながら、みどりはふむ……と考え、ある決意を固める。

ほんのわずかに開いた窓からは、どこか懐かしさを連れてくるような、淡い薔薇の香りがした。

五皿　誕生日とお花のバタークリームケーキ

「うーん……」

秋も深まる、薄っすら肌寒ぃ夜。

アパートのほうの自室で、風呂上がりのみどりは肩にタオルを掛けたまま腕を組み、口をへの字に曲げていた。

睨む先は、棚の上に置かれている卓上カレンダーだ。

父の勤める電気会社のカレンダーは、いくつも実家にあったのをひとつもらって使い続けていたのだが、いつの間にか十一月も折り返しに差しかかっていた。

残すところ今年もあと僅か。

そのカレンダーの十一月二十二日には、ドでかく赤い丸印が付けられている。

「一年に一度の大事なイベント……だからこそ悩むよぉ……」

――世間では『いい夫婦の日』ともされるこの日は、なにを隠そう、実咲の誕生日である。

誉宅でそのことを思い出したみどりは、それからずっと実咲に贈るプレゼントに悩んでいた。

（まだ一週間以上あるとはいえ、うだうだしていたらすぐ当日に……あわよくば、私のことを恋愛対象として意識してもらえるような！　そんな渾身のプレゼントを贈りたい……！）

　ハードルは高いが熱意は十分。

　過去から再熱した実咲への恋愛感情を、半分は認めつつ、まだ半分は踏ん切りのつかないみどりは、ひとまず〝脱・妹扱い〟を目標にすることにした。いつまでも実咲にとって、幼い小学生のままでいることをいい加減卒業するのだ。

　そのために仕かけられる絶好のタイミングが、実咲の誕生日である。

　もちろん実咲に喜んでもらうのが最優先だが、下心を忍ばせるのも大人への第一歩だ。

（とはいっても、プレゼントの候補はまだひとつも決まっていないんだよね……）

　なにぶん、実咲は物欲の強い人間ではない。

　サプライズをしたいので、本人には当日まで祝うことは秘密にするつもりだが、さりげなく欲しいものを調査しても特になにも出てこなかった。贈る側が一番頭を悩ませるタイプだ。

　調査の仕方が手緩《てぬる》い可能性もあるが……。

（……あんまり露骨に欲しいものとか聞くと、勘のいい実咲くんにはサプライズ計画なんてバレちゃうからなあ）

秘密主義な実咲と違って、隠し事が苦手なみどりならなおさらだ。

結局は自分で考えるしかなさそうである。

「この週末には決めちゃいたかったのに……ん？」

ベッドの上に放置していたスマホが、ピコンッ！　とメッセージを通知する。

こんな夜中になんだろうと思えば、相手はきいろで、明日の経済の講義があるかないかの確認だった。

お布団の上に転がりながら、みどりは『明日は休講だよ』と文字を打つ。きいろからの返信は、相変わらず単文の連続ですぐに来た。

『やった、休みだー！　ありがと！』

『ねえねえねえ』

『ところで店長さんへの誕プレ決まった？』

タイムリーな質問だが、きいろにも実咲バースデーのことは相談済みなので、彼女から聞いてきてもおかしくはない。こちらもすぐに『まだ』と返す。

きいろに恋愛系に繋がる話題がＮＧだったのは、もう過去のこと。

過去といってもほんの数日前だが……良くも悪くも単純で切り替えの早いきいろは、夏に彼氏ができなかった傷などすっかり忘れて、冬に彼氏を作ることに意識をシフトチェンジさせていた。

(今度こそクリスマスデートやら、恋人と年越しやらのプランが叶うといいね……)

……みどりも、人様の応援ばかりしてはいられないのだけれど。

一応ここ二日、百貨店や雑貨店に足を運んだが、目ぼしいものは見当たらなかった。

『えー！　まだなの？　そろそろじゃん！』

『通販とかなら時間かかるよ？』

『急げ！』

『まず予算どのくらい？　みどり、金欠じゃなかったっけ？』

痛いところをビシビシ衝いてくるきいろに、みどりは「うっ！」と呻く。いまだホームセンターで、大枚をはたいて新しい観葉植物を買ったことが響いており、ご指摘どおりみどりの懐は寒かった。

(実咲くんの誕生日のこと、もっと早く思い出していたら見送ったのに……！)

七年前の記憶ゆえに、蘇るのが遅かったのが敗因だ。

みどりが買ったのは『ガジュマルの木』で、実家のリビングに置けそうだったので、目が合ったそこそこ大型のものを調子に乗ってお迎えしたのである。

ガジュマルは人型に見えるユニークな樹形が特徴で、どこか神秘的で『精霊が宿る木』ともされている。だがその一方で、他の植物に巻きついて枯れさせ、生長する恐ろしい面もあるため、『絞め殺しの木』という物騒な別名もあった。

まさにみどりの財布は絞め殺されたわけだ。

「見栄を張りたいとこだけど……」

『正直、あんまり高いものは厳しいかも』

なので、現実的かつ建設的な意見をきいろに求めたところ、『そういえば幼馴染みでもあるんだよね？』『昔も祝わなかったの？』『参考までに！　小学生の頃はなにあげたのー？』と矢継ぎ早に質問が飛んでくる。

昔……実咲といた一年間の中で、みどりも一度だけ彼の誕生日は確かに祝った。

実咲祖父がケーキと料理を用意し、ささやかな誕生日パーティーを『緑の家』で開催して、自信満々に渡したプレゼントもある。

だけれど、そのプレゼントは……。

『……聞いても笑わない？』

そう打てば『笑わない笑わない！』ときいろが保証したため、みどりはおずおずと白状した――『なんでもひとつお願いを聞く券』と。

そして返ってきたのは『爆笑』の一言。

笑わないと言ったのに、手酷い裏切りである。

（仕方ないじゃん……！　小学生の浅知恵なんだから！）

みどりはパイプベッドが軋むほど、羞恥で足をバタバタさせる。土間家にはお小遣い制度などもなかったため、手作りのチープな券で精一杯だったのだ。

「ヤバい、みどり最高！　面白い！」

『親に贈る肩たたき券的な？』

「むしろプレゼントはわ・た・し♡的なノリだよね!?」

そこは断じて違うので、みどりはスマホの向こうで腹を抱えているだろうきいろに、怒濤の勢いで異議を申し立てる。

券を受け取った高校生の実咲は「ははっ、貴重なものをもらったな」と笑っていた。

そして券を使って、切らしていた牛乳のお遣いをみどりに頼んだ。みどりとしては「なんか……もうちょっとこう、別のことを……」と思わなくもなかったが、実咲は常時嬉しそうだったので結果オーライだ。

また実咲も、三月生まれのみどりの誕生日を祝ってくれたわけだが、実はその時くれたのがモンステラのモンちゃんである。

みどりが一等長く大事にしている理由は、実咲からの贈り物だからという点も大きい。

『あー、笑った』

『ごめんごめん、みどりが可愛いのはわかったよ』

『でもさ、それならそっち路線でもいいんじゃない？』

「そっち路線？」

とは、どっち路線か。

だいぶ爆笑していたようで、ワンテンポ遅れて来たきいろの提案に、みどりは片方の眉を上げる。

『だからさ！　プレゼントはなにも、お金をかけるだけじゃないってこと！』

『それこそ手作りとか……また券でもいいけど（笑）』

『みどり、手先器用じゃん？』

『渡す時の演出を凝ってみるのもいいよね』

『重要なのは気持ちでしょ！』

すっかり物を買うことに執心していたみどりは、『手作り』という選択肢が頭から抜け落ちていた。

なぜ思い浮かばなかったのか。目から鱗である。

（そっか、重要なのは気持ち……実咲くんが誉様に用意したパイとラテも、手作りだし心に残る演出だったもんね）

その刹那《せつな》、みどりの脳内でひとつの閃きが生まれる。

急いでカレンダーを見れば、〝それ〟を作るための日数は、少々ギリギリだが間に合わないこともなかった。

『ありがとう、きいろ！　プレゼント決まったかも！』

さっそく、手始めに家にある材料をそろえようと、みどりは跳ねるようにベッドから起き上がる。スマホはポイッと再びシーツの海に沈ませた。

ヒントをくれたきいろからは、『ついでに告白しちゃえ！』という余計なメッセージも届いていたが、みどりが気付いて真っ赤になるのは、翌朝になってからだった。

＊　＊　＊

「ふぅ……同じ色の糸があってよかった」

みどりは胸を撫で下ろしながら、以前スーパーの福引で当てたエコバッグを片手に、街中の大きな手芸用品店を出た。

（ラストスパートってところで、糸が足りなくなった時はひやひやしたけど……）

雨が降る中でも、わざわざ買いに出て正解だった。

バッグとは逆の手に持つ傘を、機嫌よくクルリと回す。小雨がビニールに跳ね返って、濡れたコンクリートに散っていった。

（これで無事、実咲くんの誕生日に間に合いそう）

日々は目まぐるしく過ぎて行き、十一月二十二日はもう三日後。

『実咲生誕祭』に向けた準備は着々と進んでいて、幸い本人にも怪しまれている様子はない。みどりの計画は今のところ順調である。

（早く帰って仕上げちゃおう！）

足早に、行きとは違う帰宅ルートでショートカットする。

ちょうど『緑の家』の前を通るルートだが、週の真ん中の今日は、店は午前中で閉まっているはずだ。先月のように、実咲が密かにラテアートを習いに行くため……などではなく、たまたま今日は午後の予約がなかっただけだ。

逆にみどりは大学の授業が午前だけあったので、バイトはお休みせざるを得なかった。

午後からはこうして、実咲のプレゼント製作に全力を尽くしているわけだ。

住宅街を抜けるとやがて黒い鉄柵と、葉から雨水を滴らせるオリーブの木が見えてくる。

「あれ？　あの人……」

そのまま何事もなく『緑の家』を通り過ぎるはずが、門の前でなにやら佇む男性がいた。

身長も年齢も、実咲と同じか少し上くらいか。

ふんわりとセットされた栗色の髪に、タレ目が柔和な印象で、実咲や潤のように煌びやかなイケメンではないが、十分女性受けしそうな容姿をしている。

身形《みなり》もよく、細身に纏うチャコールグレーのスーツは明らかに最高品質。チラリと覗く腕時計も某有名ブランドだ。差している黒い傘さえ、みどりの持つビニール傘とは比べものにならない値段だろう。

（誉様と同じ、ハイクラスな匂いはするけど……予約なしで来ちゃったお客様かな？）

あるいは別の用事か。

どちらにせよ、門が開いていなくて困っている様子だ。

きいろのようにコミュ力があるわけでもないみどりは、知らない人に店の外で声をかけるのは戸惑いがあったが、結局放っておけず「あの……」と近付く。

「『箱庭レストラン』に食べに来られたんですか……？　ここは完全予約制で、今日はもう閉まっているんです」

「あっ、ああ、いや、僕はレストランにというより、実咲に会いたくて……」

（実咲くんに？　だったら普通に、門横のチャイムを押せばいいのに）

個人宛の用事ならそれでいいはずだ。

だが目の前の男性は、門が開いていない云々《うんぬん》よりも、単に『緑の家』を訪問するのをためらっていたようである。

（お客さんじゃないなら、もしや……わざといい身形をして、怪しい壺とかを売りつける悪質なセールスマンじゃ……）

みどりが持ち前の妄想力を発揮しかけていると、先に男性から「ところで君は？」と尋ねられる。

相手のことを疑えないほど、不審者具合はみどりもいい勝負だった。

「あっ！　私は、ここの『箱庭レストラン』でバイトしているスタッフです」

「バ、バイト？　実咲が君を雇ったのかい？」

なぜか男性は驚愕していて、みどりをまじまじと見つめる。

「え……バイトだと、なにかおかしいですか……？」

「だって僕が前に、『忙しそうだしスタッフを増やさないのか』って聞いたら、『大事な店を荒らされたくないから絶対イヤ』って答えていたのに……」

「実咲くんがそんなことを……？」

それはなんとも、みどりからすれば不可解だ。

みどりを「ここで働いてみない？」と、スタッフになるよう勧誘したのは実咲である。植物の管理が大変だとか、そろそろバイトを雇おうと思っていたとか、積極的にスタッフを探している体だったのに。

（私が働くことを了承した時、すごく嬉しそうだったんだけどなあ）

不可解ではあるがそこはひとまず脇に置き、今注視すべきは、この男性がいったい何者なのかということだ。

実咲とは親しいのかそうでないのか、口振りからは測りかねる。

向こうも向こうで、みどりの存在が気になるらしい。

「……君はもともと、働く前から実咲の知り合いだったりするのかな？」

「そ、そうですね。実咲くんが高校生の頃、小学生だった私が一時期お世話になっていたというか……」

「実咲が高校生の頃……そうか、それなら僕は知らされていないか……」

ボソッと独り言を吐いた男性は、心なしか落ち込んでいるようにも見えた。だがすぐに気を取り直して、傘の柄を握り締めながらみどりに向き直る。

「とにかく、あの実咲が雇うくらいだ。君はなにかしら、実咲が懐に入れている大事な相手なんだね」

「え……？」

「よかったらもう少し、君と話してみたい。こんな雨の中ではなんだし、どこかゆっくりできるところでどうだい？　僕に時間をくれないかな？」

一歩間違えれば下手くそなナンパのようだが、男性はやたら熱心というか必死な様子で、みどりは急展開についていけていない。

お誘いに頷くかどうかの前に、聞くべきことは……。

「……あなたはその、失礼ですがどなたなんでしょうか？」

「え、あっ⁉　ご、ごめん、名乗ってなかった！」

必死な様子から一転、あわてふためく姿はどうにも毒気がなくて気が抜ける。

男性は姿勢を正し、胸ポケットから名刺を取り出した。

『六条グループ』という、どこかで聞き覚えのある会社名。その下に続く『社長補佐』という御大層な肩書き。

なによりまたもや覚えのある名前に、今度はみどりがまじまじと男性を見つめる。

「六条……春文……」

「挨拶が遅れて失礼したね。僕は六条春文という者で——実咲の兄だよ」


みどりと春文は現在、ファミレスの窓際の席で顔をつき合わせていた。

お昼のピークタイムは過ぎたあとで、客の数は疎《まば》らだ。みどりが横に視線をズラせば、外では変わらず雨がゆるやかに降っており、街を湿っぽく覆っている。

一方で固いソファに腰掛ける春文は、頼んで早々に来た熱いコーヒーをすすっていた。

（お口に合うのかな……）

『箱庭レストラン』から徒歩で一番近い、話し合いに向いていそうな場所を選んだだけだが、みどりはどうにも春文がこの場で浮いている気がしてならない。

だが本人は気にしたふうもなく、音もなくカップをソーサーに置いて話し始める。

「改めて自己紹介するね。僕は実咲の兄で年はひとつ違い。父親は六条グループの社長で、そこで僕も働いている。ホテルやリゾート施設の運営をしている会社なんだけど、知っているかな？『六つの信条で無限のおもてなし』ってキャッチフレーズ」

「あ……！　し、CMで聞いたことあります！」

会社名を聞いてもピンと来なかったが、そのフレーズは耳馴染みがあった。豪華なホテルの映像と共に、全国区でお茶の間に流されまくっているやつだ。

みどりには浅い知識しかないが、日本有数の超大手企業である。

(実咲くんの実家って、そんなスゴイとこだったのか……!)

自慢するならまだしも、みどりにひた隠しにしてきた理由がますますわからない。

ただ春文と実咲は跡取り息子に当たるので、そのへんでごたごたがあるのかなとは、一般庶民なりにぼんやり想像する。家族関係で実咲が問題を抱えていることは、昔からそれとなく察していたことでもある。

(それもあって、私から聞くの気まずかったんだけど……そういえば潤さんも、実咲くんのとこは兄弟のいざこざが面倒とか漏らしていた気も……?)

あの優しい実咲と、この穏やかな春文の間に横たわる事情とはなにか。

容量の少ない脳みそをフル回転させるみどりに対し、春文は「実咲は僕のことも実家のことも、君にはあまり話していないようだね」と苦笑する。

「はい……私には特に知られたくないみたいで……」

「そうしょげないでいいよ。それってある意味、本当に君が実咲にとって特別なんだと思うから」

肩を落とすみどりに、春文がフォローを入れる。

隠されてきたことが特別とは……と、みどりは答えを求めるように、春文に視線を投げかけた。

「なんて言えばいいのかな？　僕たちの家庭環境は少し複雑で……まず俺と実咲って、母親が違うんだ」

「え……」

家のごたごたを想像はしていたものの、斜め上の事実にみどりはポカンと口を開く。

「僕を生んだ母さんは、僕が幼い頃に他界している。そのあとで、父さんと実咲の母さんが再婚して、連れ子の実咲と僕は兄弟になって……」

「ちょ、ちょっと、あの！　整理するのでもっとゆっくり……！」

「ああっ、ごめん！　そうだよね、混乱するよなこんな話！　一から順を追って語ろうか？」

「……お願いします」

そこでみどりが頼んだ『秋の味覚盛り合わせ～デラックスモンブランパフェ～』が運ばれてきたが、とてもパフェをつつける空気の話ではなさそうだ。

そもそも春文が「好きなもの頼めばいいよ、これとかどうだい？」と一番高いやつを勧めてきて、成り行きで注文しただけなので、みどりは別にパフェが食べたいわけではない。

そして春文の視点で語られる実咲の話は、みどりの知らない彼の入り組んだ背景だった。

＊　＊　＊

春文と実咲の出会いは、春文が中二、実咲が中一の頃。

父親が再婚相手だと連れてきた女性の横に、やけに綺麗な顔立ちの子がいるなと、春文は実咲を一目見て興味を引かれた。

父親の再婚自体には最初、春文は難色を示していた。

実の母のことが大好きだったし、父のそれは母への裏切りに思えたからだ。

けれど父は、愛する妻を病で亡くしてから、より仕事に打ち込むようになり、その姿にはどこか鬼気迫るものもあった。おかげで先代から続く六条グループの業績はうなぎ登りだが、春文は子供心に父が時折怖かった。

そんな父だったが、再婚相手の女性に向ける顔は柔らかく、春文はそれを見て再婚に納得したわけだ。

実咲の実母にして、春文の新しく母になった咲季子《さきこ》は優しくも芯の強い女性で、春文ともすぐに打ち解けた。

問題は……彼女の一人息子である実咲だ。

実咲は一見とても人当たりがよく、彼もまた新しい家族に馴染んでいるようには映る。だけどそれはとんだ錯覚で、明確に一線を引いていることに、春文はわりと早々に気がついた。

（大事な母親の再婚が受け入れられないのか……？）

そう当たりをつけていたが、どうやら実咲はもともと咲季子とも距離があるようである。

「父親は浮気野郎であの子が生まれる前に離婚してやったし、女手ひとつで育ててきたつもりだけど……看護師の仕事が忙しくて、私はあまり家にいなくてね。その間、実咲の面倒を見てくれた、私のお父さんのほうにばかり懐いているのよ」

そう話す咲季子は切なげだったが、仕方ないという諦観もあった。

実咲は、なにかにつけて祖父の家に入り浸りらしい。元有名レストランのシェフだったという祖父に、料理を習うのが唯一の楽しみだそうだ。

（そうか、料理が趣味なのか）

春文は「ふむ」と考えた。

前々から春文は密かに、きょうだいの存在に憧れていた。

友人達にきょうだいがいる者が多く、不平不満もたくさん聞くが賑やかそうで、弟や妹がいればよかったのにと何度となく望んでいた。

春文の家もまた、父が家にいない日のほうがはるかに多いので、知らず知らずのうちに寂しさを抱えていたのかもしれない。

だから実咲とは、連れ子だとか関係なく仲良くなりたかった。

彼にとっての〝よい兄〟になりたかったのだ。

そして実咲の中二の誕生日に、春文はプロも御用達だというペティナイフを贈った。野菜の皮剝《む》きやフルーツの飾り切りなどで活躍する、小型の洋庖丁だ。

当然、実咲はプレゼントに驚いた。

「これを俺に？　なんで？」

「なんでって……兄が弟の誕生日を祝うのは、なにもおかしいことではないだろう」

「……そっか。そういうものか」

戸惑っていた実咲も最終的には喜んでくれて「ありがとう、兄さん。大事に使うよ」

と、初めて心からの笑顔を見せてくれた。プレゼント作戦は功を奏したと言える。

でもたぶん、実咲の笑顔でもっと喜んだのは、自分のほうだと春文は思う。

(僕の弟、可愛いじゃないか……！)

このことを境に、徐々に実咲も春文には気を許してくれるようになった。

祖父の家で覚えたレシピだと、料理を振る舞ってくれることも多々あり、春文の誕生日にケーキを作ってくれた時は、春文は隠れてコッソリ泣いた。すっかりブラコン気味になっていた。

(実咲は僕の自慢の弟だ)

春文は心からそう考えていたし、よい兄にもなれてきていると信じていた。

しかし……そんな兄弟の温かな関係が崩れだしたのは、実咲が高校に上がってからだ。

何事も人並み以上にこなす実咲は、中学の時より格段に周囲からの評価を伸ばしていった。春文も優秀なことに変わりはないが、努力型の秀才肌の春文に対し、実咲は天才肌だった。

春文が一位を取れなかった模試で一位を取り、体育祭では春文が入れなかったリレーのメンバーになった。春文が密かに恋していた先輩の女子は、一目惚れしたと実咲に告白していた。

（どうして実咲ばっかり……）

じわじわと春文の中で、黒く淀《よど》んだ想いが生まれてくる。

なにより春文には、父や実咲、父の取引先である女社長の今井誉が持つような、人を従わせるオーラ……いわゆるカリスマ性が欠けていた。

その現実を叩き付けられたのは、父が秘書と電話している内容を偶然耳にしてしまった時だ。

「息子ふたりの意思を、もちろん第一に尊重するつもりだが……私としては、会社は実咲に継いでほしいと思っている」

（父さんが、僕じゃなくて実咲を……？）

父の書斎を前に、春文は呆然と立ち尽くした。

高校を卒業したら大学に通いながらも、父の仕事を積極的に手伝い、ゆくゆくは次期社長になる……そう当たり前に考えていたし、その未来図が揺らぐなんて予想もしていなかった。

（ああ、僕は実咲には勝てない。あれもこれも、実咲に奪われてしまう）

もはや淀んだ思考は止められず、フラフラと書斎から離れたところで、「ここにいたんだね、兄さん」とタイミング悪く実咲がやってきた。

春文の荒れる心情などなにも知らない実咲は、手にラタンのバスケットを抱えていた。

「じいちゃんのところで採れた野菜や果物を、いろいろ組み合わせてサンドイッチにしてみたんだ。どれもうまく作れてさ。よかったら兄さんにも……」

普段の春文だったら、「美味しそうだな」と進んで受け取っていただろう。食べてたくさん褒めちぎったはずだ。

だけどその時は差し出されたそれが、堪らなく癪《しゃく》に障った。

（僕が努力して、頑張って、実咲に追いつこうと足掻《あが》いている間も、実咲はこうして料理にかまけて……っ！）

バシンッと、衝動的にバスケットを手で払い落とす。

床に落ちてグシャリと崩れたのは、きっとサンドイッチだけではなかったが、春文は己を止められなかった。

「食べるわけないだろう、お前の料理なんか！　いらないんだよ、そんなもの！　僕をバカにするのもいい加減にしろ！」

こんなに感情的に怒鳴ったのは、たぶん生まれて初めてだった。

実咲の目が限界まで見開かれ、その奥に遅れて悲しみの色を見つけ、春文はすぐさま「しまった」と後悔した。

完全に八つ当たりだ。実咲はなにも悪くないのに。

だけど謝ることもできず、春文は足早にその場から逃げてしまった。背後で実咲が緩慢な動作で、バスケットを拾い上げるのは一瞬見えたが、惨めな気持ちを呑み込むので精一杯だった。

そこから兄弟ふたりは、共にお互いを避け始めるようになる。

春文は弟を妬む自分が嫌で離れ、実咲も話しかけてこなくなった。

せっかく深まった兄弟の仲は、またゼロに……いや、マイナスとも言える溝が生まれてしまった。

やがて、春文は高校を卒業。

ひとまず大学に通いながら描いた未来図どおりの道を歩み、あとから実咲も父の会社を手伝うようになる。

実咲は祖父の訃報をきっかけに、受かった大学にも行かず、やや投げやり気味にその進路を決めたようだった。他にやりたいことがこれといってないから、父の勧めを受け入れた形だ。

その父は、次期社長をどちらにするかなど面と向かってまだ話さず、兄弟で支え合うようにだけ伝えた。

だが当の兄弟仲は、表面上のビジネス的なやり取りはあるものの、なかなか溝が埋まることはなかった。

そして四年間、実咲は春文と共に六条グループのために動き、その末で突然「やりたいことが見つかった」と言いだした。なにを思い立ったのか、祖父の家でささやかなレストランをやりたいと。

そのために、会社に関わるのはやめるつもりだったそうだが、そこは父とあれこれ話し合い、裏でサポート的な仕事は続けることに落ち着いた。

新しい道を歩み始める実咲を、春文は一言では言い表せない、綯《な》い交ぜになった心境で見ていた。

自分が固執していた会社での地位を、あっさり捨てられたことへの苛立ち。

最後まで自分は実咲に負けっぱなしだったなという、拭い切れない劣等感。

やりたいことを見つけられてよかったなと、弟を純粋に応援したい兄心。

ちゃんと実咲に謝って、もう一度兄弟をやり直したいという願い……どれもウソではない、芯からの気持ちだった。

その中で最後に勝ったのは、一際強い願いだけだ。

実咲も新しい道が決まってから、一度だけ、春文になにか真剣な顔で言いかけたことがある。

「兄さん、俺は……」

だけどついぞ言葉は途切れ、兄弟らしい会話はしなかった。

――ほどなくして、実咲は『箱庭レストラン』をオープンさせたのだった。

＊　＊　＊

一通り話し終えた頃、春文のコーヒーカップは空になっていたが、一口も食べていないみどりのパフェのアイスは溶けかけていた。

ずっと知りたかった実咲のこと。

それについて一気に情報が入ってきて、みどりの脳は処理がまだできていない。

(でも……誰も悪くないよ……)

それだけはわかる。実咲も春文も、きっと別種のつらさがあったことだろう。

春文は所在なげに、テーブルの上で両手を組む。

「社内ではいまだ、実咲を次期社長にと望む声は多いし、父も本心ではそう考えているだろう。だけど僕も歳を取って大人になったからか、実咲とは違うやり方を見つけようと思えるようになって……今はただ、仲直りがしたいんだ。実咲の料理を『いらない』って罵ったことも謝りたい。それが特にアイツを傷付けたはずだ」

実咲にとって料理はきっと、唯一の趣味である以上に、祖父が与えてくれた心の拠り所だった。実咲も複雑な家庭環境で孤独を抱えていて、料理に没頭することで、その孤独を隅に追いやっていたのだ。

春文の存在は最初、そこに入り込みかけた外の光だったのだろうが……仲違いして、失われてしまった。

（実咲くん、『俺の料理なんか誰も求めていない』とか、『作るのやめようか』とか、悩んだ時期があったって……）

それは春文との一件のあとだろう。

みどりと実咲が出会ったのは、もしかしたら彼が悩みの渦中にいた時かもしれない。

あの発言はこういう背景があってのことだったのだと、みどりは今になってその重みを噛み締める。

春文はウェイトレスを呼んで、コーヒーのおかわりを注文した。新たに来た黒い水面を胃に流し、「『箱庭レストラン』って名前を聞いた時さ」と、遠くを見るように瞳を細める。

「あの店は実咲にとって、好きなものと大切なものだけを詰めて、一から作り直した庭なんだって感じたよ。お客さんも紹介がないと入れない、隔絶された庭だ」

「隔絶された……」

母親の再婚、春文との決裂、敬愛する祖父の死……と、なにかと心休まらない実咲の人生で、社会に出て行き着いた『やりたいことの答え』は結局、『緑の家』で植物を育てながら料理をすることだったのか。

そしてきっと、食べてくれる相手がほしくてレストランにしたのだ。

（その実咲くんの人生の中で、私との出会いってどういう位置付けなんだろう……）

みどりが内心そこに焦点を当てていると、春文は心を読んだように「箱庭で働く君はお客さんじゃなくて、住人ってとこだろうな」と言った。

「えっと、私が箱庭の住人ですか……？」

「実咲が僕や実家のことを君に秘密にしていたのは、箱庭に余分なことを持ち込みたくなかったんだ。君が特別だから、俺との確執なんて負の部分、知らずにいてほしかったんだよ」

「負の部分だなんて……」

自分のことをそんなふうに表現することが、みどりは悲しかった。「できることなら僕もまた、お客くらいにはなれたらな……」と独りごちる春文に、なんだか泣きたくなってしまう。

しかも春文は遠慮して、『箱庭レストラン』の庭より先には入ったことはないらしい。必然的に、実咲の料理も長らく食べていないのだろう。

（ふたりの確執って、どうにかならないのかな……）

みどりは潤んだ目をゴシゴシと擦りながら、なにかヒントはないものかと、春文の話を反芻する。だが途中、スルーできないことに気付いてハッとした。

「そういえば……あの、実咲くんは六条グループでサポート的な仕事は続けているって、言いましたよね」

「ああ、言ったよ」

「それって、今もレストランを営業しながらですか⁉」

「リモートでも仕事はこなせるからな。もちろん、規定の給料も払っているよ。それなりに高給なほうじゃないかな」

春文の〝それなり〟はおそらく〝かなり〟だ。『箱庭レストラン』の経営事情も疑問のひとつだったが、林太郎の言うようにまさかの副業が正解だったらしい。

驚いて、みどりの涙も引っ込んだ。

おかげで少し気分も持ち直す。

「それじゃあ今日、実咲くんに会いに来ていたのもお仕事関係ですか……？」

「いいや。仕事関係でたまたま近くには来ていたけど、寄ったのは別件だよ。誕生日プレゼントを渡す前に、直接確かめておきたいことがあってな」

「プレゼント！　渡されるんですか⁉」

「一応、毎年な」

なんと春文は、過去にペティナイフを贈って実咲との距離を縮めたように、また兄弟の絆を繋ぐ取っかかりになればと、毎年誕生日プレゼントを実咲に贈り続けているというのだ。

（春文さんは、諦めずに試行錯誤しているんだ……！）

その健気な兄心にまたみどりは心打たれるも、春文は「だけど惨敗続きでな」と苦笑する。

「それで、よかったら、今年のプレゼントについて君からもアドバイスをもらいたいんだが……」

「もちろん協力します！　参考までに、過去にはナイフ以外にどんなものを贈ったんですか？」

「ブランドものの時計とか靴かな。反応がよかったのは、ペアで七万円くらいのサプライズカップか？　実咲も結婚を考える年頃だし、ペアものもいいかと。あと、車は買う予定はないけどレンタルでたまに使うみたいだし、それなら僕の三台持っている一台を、好きに使えばいいって鍵を渡した年も……」

「い、いやいやいやいや！　ツッコミどころが多すぎます！」

ぶっ飛んだチョイスばかりで、最初のペティナイフが可愛らしく感じてしまう。

あれとかそれが春文からだったことも、意外を通り越してドン引きだ。

(春文さんって、感覚がちょっとズレているというか……天然……？)

みどりがそんな疑惑を抱いているうちに、ゴソゴソとスーツの内ポケットから、春文はチケットのような紙ペラを取り出す。

「今年はこれにしてみたんだ。今テレビにも出ていて人気絶頂中の、オペラ歌手のコンサートチケット。コネを駆使してS席をペアで取ったんだけど、よく考えたら実咲はオペラに興味があるのか……」

「なるほど、それを本人に確かめに……」

「君はわかるかい？　実咲が興味あるかないか」

みどりはコンサートチケットにある、歌手の名前と顔写真を凝視する。

先月来店したお客様二名が、ちょうどこの女性歌手のことを話題にしていた気もするが……。

「たぶん……実咲くんはあんまり興味ないと思います……」

「そ、そうか」

なんの反応も示さなかった実咲を思い出し、みどりは正直に答えた。前にも実咲本人が認めたように、彼は興味がないものにはとことんない質である。

春文は哀愁を漂わせながら、そっとチケットを内ポケットに戻す。

もっと最適なプレゼントがあるのではと、少々ズレている春文のためにも、みどりはあれこれ考え込む。

(ペティナイフと同じ路線で、調理器具とか……でも昔と違って、実咲くんはもう自分のこだわりで揃えていそうかな？　きいろのアドバイスみたいに、それこそお金のある春文さんが、あえてお金をかけないプレゼントとかも……)

さすがにパフェがもったいないので食べ始めつつ、これも参考までに聞いてみた。

「実咲くんのほうからは、春文さんへの誕プレはあるんですか？　実咲くんの性格上、もらったら返すと思うんですが……」

「もらってはいるな。ケーキを除けば、ギフト券とかカタログで選べるやつ」

「ド、ドライなチョイス……」

もらったから仕方なくお返ししている感が、ありありと伝わってくる。

誉の結婚記念日には、あれほど心を砕いたもてなしをした実咲が、信じられないドライ具合だ。

（実咲くんは昔の決裂からまだ、春文さんを受け入れられていない……って、春文さんのプレゼントラインナップじゃ、受け入れ難いのもわかるけど！）

仲直りミッションは、想定より難しいかもしれない。

しかしふと、みどりは閃く。

「その……実咲くんが中学の頃に作ってくれたケーキって、もしかして『お花のケーキ』ですか？」

「ああ、そうだよ。中身はミックスベリーのジャム入りで、上には花の飾りがたくさん載っているバタークリームケーキだ。嬉しくて写真も撮ったんだよ」

春文はスマホでそのケーキを見せてくれた。

土台の白い平らなホールケーキの上に、バタークリームで繊細に作られた色とりどりの花が咲いている。葉っぱの一枚一枚もしっかり表現されていて、そこに花畑が広がっているような見事なデコレーションだ。

真ん中には『Happy Birthday　春文兄さん』と書かれたチョコプレートも刺さっており、これは春文が感動するのも納得である。

（ああ、やっぱりこのケーキだ）

みどりの中でも、在りし日の思い出が蘇る。

「春文さんもご存じかと思うんですが……これ、もともとは実咲くんのおじいさんが、実咲くんの誕生日に恒例で作っていたケーキなんです」

「それは聞いたよ。『大事な人に贈るためのケーキ』だと、おじいさんから伝授されたって」

「実咲くんはそれを自分なりにアレンジして、私の誕生日にも作ってくれました」

みどりも出された時は歓声を上げてはしゃいだものだ。

また実咲の誕生日に、実咲祖父が作ったものも、「まだまだ孫には負けんよ」というくらい素晴らしかったことを覚えている。

（そのおじいさんが亡くなった今、実咲くんのためにこのケーキを作る人って、当たり前だけど誰もいないんだよね……）

彼はいつも、誰かのために料理を作っているのに。

「……春文さん。私たちでこれ、作りましょう」

ポツリと、みどりは外の雨音と混じる小さな声で呟く。

春文にはしっかり届いたようで、突拍子もない提案に「えっ、僕たちが？」と目を見開いた。

レストランをやっている料理人に手作りケーキを贈るのは、ものすごくハードルが高いだろう。

だがみどりは、これしかないと思った。

スプーンを握り締めて力説する。

「実咲くんのために、『お花のケーキ』を作るんです！　一番春文さんの想いが伝わるはずです！　なるべく写真のものに近付けて、実咲くんをビックリさせてやりましょう！」

「君の考えはわかったけど……」

「土台は普通のバタークリームケーキでいいはずです！　春文さんは、デザート作りのご経験は……？」

「仲が良かった頃、実咲にケーキ作りは何度か教わったことが……だから土台は、いけないこともなさそうだけど」

「さすが万能兄弟！　じゃあ大丈夫です！」

勢いに乗せるため、みどりはテンション高く推し進める。

少なくともみどりより、春文のほうが料理の腕前はありそうだ。

最悪スポンジは、最初から形になっている市販のものか、お手軽ケーキミックスも売っている。味が実咲祖父や実咲に劣るのはこの際仕方ないとして、それでも普通に美味しく、なにより見た目の再現率を優先したかった。

そのためには……。

「ええっと、君……みどりちゃんって呼んでいいかい？」

「はい！」

「ケーキを作る案は、確かにいいかもしれない。当日作るための場所も僕がなんとかしよう。だけど肝心のデコレーションはどうする気だい？　さすがに実咲のように、バタークリームで花を絞るのは技術が必要だろう」

「それなら秘策があるので私に任せてください！」

なにも考えなしで、みどりだって提案したわけではない。

ドンと胸を張ってみせる。

春文も完全に乗り気になったところで、急にぬっと、大きな影がみどりたちの席に現れた。うるさくしていたので、店員さんが注意しに来たのかと、みどりが慌てて顔を上げれば……。

「……潤さん⁉」

「よう、ずいぶんと面白い計画を立てているじゃねぇか」

そこに立っていたのは潤だった。

ニッと口角を上げる彼は、そのたくましい筋肉を薄手のニットとパンツに包んで、腕にビニール傘を引っかけている。その傘では、大きな潤の体は守り切れなかったようで、ひとつに括ったライトブラウンの毛先がしっとりしていた。

水も滴る色男というやつか。

急な登場に、みどりは「どうして潤さんが……」と呆気に取られるも、潤は「飯食いに来ただけだぜ？」と笑う。

「ここ、俺の働くバーから目と鼻の先なんだよ。これから出勤前の腹ごしらえ。今来たとこなんだが、おふたりさんの姿を見つけてな。珍しい組み合わせだと近付いてみれば、実咲にケーキ……とか悪巧みを小耳に挟《はさ》んだんだ」

「悪巧みなんてしていません！」

「まあまあ。俺にも一枚嚙ませろよ、その計画」

よいしょっと、潤は無断でみどりの隣に座る。テーブルの足に傘の先が当たって、小気味のいい音が鳴った。

彼は正面に座る春文にも、気さくに「久しぶりっスね、春文さん」と片手を上げる。

「君は潤くん……かな？　会うのは君が中学生の頃以来だね」

「あの頃は何度か、実咲の実家のほうにも遊びに行きましたもんね。見た目まったく変わっていないッスね、春文さん。すぐわかりましたよ」

「君はより男らしく成長したな。今も実咲との交流があるようで、いい友人関係を築いているならなによりだ」

春文と潤は久方ぶりのやり取りのようだが、一瞬で場に馴染んでしまうのは潤のフレンドリーさゆえだろう。みどりに「で、計画についてもっと詳しく教えてくれよ」と耳打ちしてきて、しれっと仲間に入ろうとしているところもさすがだ。

拒否する理由もないので説明すれば、潤は身を乗り出すほどやる気を見せた。

「いいじゃねぇか！　マイベストフレンドのために、俺も大いに手を貸すぜ！　楽しそうだし」

「最後のが本音ですよね……」

「細かいことは気にするなって。みんなで実咲を嬉し泣きさせて、一生にあるかないかの間抜け面を一緒に拝もうぜ！」

若干不安なところはあるが、潤は潤で親友を想ってのことだろう。

それに、なんやかんやとフォローが上手い潤の仲間入りは、きっとプラスの面も多い。

個人で制作中のプレゼントもまだ完成していない中、ケーキ作りも加わり、みどりも手が回らないこともきっと出てくる。春文は油断するとどんどん際限なくお金を使いかねないが、潤ならやんわり止めてくれそうだ。

役割も三者三様である。

(待っていてね、実咲くん)

実咲の誕生日まで残り三日。

雨の日のファミレスで、バースデー大作戦はスタートした。

＊　＊　＊

「潤さん！　春文さん！　こっちはセッティングOKです！」

弾んだ声で、みどりはフロアのほうに呼びかける。

『箱庭レストラン』のコンサバトリーの中は、淡いオレンジのライトに包まれていた。

ガラス天井の向こうでは夜の帳《とばり》が下りている。

白いラウンドテーブルにはライムグリーンのクロスがかけられ、その上にはおそるおそる運んだ、みどり&春文作の例のホールケーキが設置済みだ。バタークリームは生クリームより固くて崩れにくくはあるものの、当然だが持ち運びには気を遣う。出番まで箱を被せたら準備は万端である。

——あっという間に訪れた、十一月二十二日。

実咲の誕生日当日、時刻は満月が夜空を飾る午後七時。

テーブルには他にも、バーテンダーの潤が選んだウイスキーのボトルとグラスが置かれている。みどりは度数が高くて飲めない代物だが、ザルな実咲の好む一本らしく、潤からのプレゼントといったところだろう。

「こっちも完了だぜ。ほら、お披露目だ」

「キュイッ！」

カウンター席のほうでもそもそと動いていた潤が、ケージに入ったはーちゃんをみどりのもとまで連れてくる。夜のはーちゃんは元気百パーセントだ。

そんなはーちゃんの頭には、三角のパーティー帽子がちょこんと乗せられていて、そのあまりの愛らしさに、みどりは「か、可愛い……！」と胸を撃ち抜かれた。

丸々つんつんしたフォルムに帽子姿は、破壊的な可愛さだった。

「はーちゃんもご主人様の誕生日におめかししねぇとな」

「この帽子、潤さんが作ったんですよね？　意外な特技というか……」

「モテる男は小器用なんだぜ。おーい、春文さん！　アンタもそんなとこでぼんやりしていないで、こっち来いよ」

「あ、ああ……」

潤はケージをウイスキーのそばに置き、フロアにあるパキラの木の陰に、ひっそり立つ春文を呼ぶ。

彼はギクシャクした足取りでコンサバトリーまで来たが、なぜか入り口で止まってしまった。

「どうしたんですか？　春文さん」

「このコンサバトリー、実咲のおじいさんが人をなかなか入れたがらなかったっていう、不可侵な空間だろう。僕が勝手に箱庭に入っただけで実咲を怒らせそうなのに、ここなんてさらに……」

「今さらなにを言っているんですか！　このコンサバトリーはいつもお客さんがたくさん出入りしていますし、そんなことで実咲くんは怒りませんよ！」

「そ、そうだろうか……」

長らく『箱庭レストラン』に入ることも遠慮していた春文は、いまだ挙動不審だ。それでも高そうな革靴の爪先を、意を決してようやく進ませた。

今日の春文はスーツではなく、育ちのよさがわかるネイビーのベストコーデ。潤はシャツコーデでシンプルにまとめ、みどりは冬前にぴったりなAラインの白のニットワンピースを着ている。

みどりのクローゼットの中で、間違いなく一番値の張る服だ。

昼過ぎくらいから始めたケーキ作りで、エプロンをつけていても汚さないか、ちょっぴりドキドキした。

（といっても私は、最後のデコレーションを手伝っただけだけどね……）

肝心のケーキ製作は、六条グループが所有するホテルの厨房を借りて行われたのだが、土台のスポンジ作りからフルーツのカット、クリームのナッペまで、ほぼ春文がひとりでこなしてしまった。

本番の今日まで仕事の合間を縫い、ケーキ作りの練習に励んだという春文の手際は大変よろしかった。

（本当に努力家タイプなんだろうけど……私からすれば、実咲くんも春文さんも十分高

スペックだよ）

　みどりは六条兄弟の優秀さを痛感する。

　だがその努力の甲斐もあり、予想以上に完璧な出来栄えになった。

　そこで春文のスマホが震え、「み、実咲がそろそろ戻ってくるみたいだ」と彼は緊張気味に告げる。

「薔薇のお屋敷をさっき出たと、誉さんから連絡が来た。やっぱり僕はケーキだけ置いて帰ったほうが……」

「ダメですよ！　今夜こそ仲直りするんじゃないんですか！」

　みどりは往生際悪く帰ろうとする春文を、無理やり引き留める。

　今回の作戦において、みどりたちがここで誕生日パーティーの準備をする間、実咲を店から連れ出す役として協力したのは誉だ。

　三日前、誉はこんな電話を実咲にかけた。

『十一月二十二日の夜、サロンメンバーとその身内も数名ご招待して、うちでささやかな晩秋のお茶会を予定しているの。急だけれど、実咲くんもゲストとして参加してくださらない？　あなたの自家製ハーブティーを振る舞ってほしいわ』

　……誉に協力を仰いだのは、仕事で繋がりのある春文で、そのお茶会のことをビジネスの場でどこからか聞いていたそうだ。

先約もない時間帯だったため、実咲はお得意様からの依頼をふたつ返事で請け負った。

そしてお茶会の時間に合わせ、実咲が店を閉めて出て行こうとしたところ、素知らぬ顔でみどりが登場。

バイトは休みを取ったはずのみどりが「冬が近いし、植物たちの様子がどうしても気になって……実咲くんが戻ってくるまで、チェックだけして回ってもいいかな」という理由で、うまく実咲のいない『箱庭レストラン』に入り込んだ。

そこから潤と春文を手引きし、パーティーの準備に取りかかったわけである。

(実咲くんにいよいよ怪しまれないか、ビクビクしたけど……)

ちなみに植物たちの様子が気になっていたのは、ウソではなく本当だ。

観葉植物はほとんどが熱帯生まれで、中にはユッカ、オリヅルラン、ストレリチアなどなど、冬に強い植物もあるが、ほとんどは寒さにやられてしまう。

みどりの植物への真摯な想いがあったからこそ、実咲も騙されてくれたとこがある。

(今頃、誉様たちのほうも楽しんでいるかな……サロンメンバーの身内も招待したお茶会なら、吉田さんと婚約者の彼女さん、あと彼女の弟だし光弥くんたちも参加していたりして！)

だがこちらとて、盛り上げで負けてはいられない。

実咲にとってとびっきり素敵な日にしてみせるのだ。

みどりがドキドキしながら、待つこと十分ほど——箱庭の主がついに帰ってきた。

「ただいま……なんで、みどり以外に潤もいるの」

入り口で出迎えたのは、みどりと潤のふたりだ。春文はサプライズ要員として、はーちゃんとコンサバトリーで電気を消して待機している。

照明を絞った室内に、実咲は「なんか暗いし……」と眉を寄せた。

「まあまあ、騙されたと思って俺たちについて来いって」

「だからなんで潤がいるの。お前とみどりがふたりきりだったかもしれない事実が許しがたいんだけど」

「ふたりきりじゃないから安心しろ！」

やはり潤が仲間入りしたのは正解だったようで、彼は強引ながらも、実咲をコンサバトリーまで誘導してくれている。みどりがこの役だったらもっとあたふたしていた。

そして実咲が真っ暗な中、ガラス張りの小さなパーティー会場に足を踏み入れたところで——。

「——実咲くん、誕生日おめでとう！」

みどりのその声を合図に、春文がパッと電気をつける。

本当ならクラッカーのひとつでも鳴らしたいところだが、ハリネズミは騒音が苦手なので止めておいた。

目の前に横たわる光景に、さしもの実咲もビックリしている。

「誕生日？　俺の？」

「実咲くん、本気で忘れていた……？」

「ここ最近、みどりがなにか企んでいるなとは思っていたけど……」

隠し事をしていることは、敏い実咲はやはり感付いていたらしい。あはは……と曖昧に笑うみどりから、実咲は春文に視線を移す。

ギクリと、春文の肩がわかりやすく跳ねた。

「俺が毎年自分の誕生日を思い出すタイミングは、律儀な春文兄さんからプレゼントを受け取る時だからね……。それで、兄さんはみどりも巻き込んでなにをしているの？　それともどんな経緯があったか知らないけど、みどりが巻き込んだのかな？」

「ま、巻き込んだのは私だよ！」

実咲は自分の知らぬ間に、隠していたことをすべてみどりに明かされたことを悟り、どうにも不服そうだ。滅多にないトゲのある声色をしている。

これではせっかくのパーティーが始められないと、みどりは慌てて言い募る。

「勝手にいろいろ、春文さんから聞いちゃったのはごめんなさい！　成り行きで春文さんとは遭遇して、そこから潤さんやはーちゃんも入れてこのパーティーを企画したの。私は……実咲くんにとって最高の誕生日にしたくて……」

「……みどり」

不服そうな顔を、実咲はやんわり改める。

潤がボソッと、「実咲はみどりちゃんが泣き落とせば一発だな」と揶揄《やゆ》したが、あいにくと必死なみどりには聞こえていない。

「あ、あのね！　これ！　これを見て！」

勢いよく、みどりはケーキの蓋になっている箱を持ち上げた。芝生をイメージしたライムグリーンのクロスの上に、いっぱいの花が咲く。

「これ……『お花のケーキ』……？」

実咲はどこかあどけない顔で呟いた。

テーブルに歩み寄って、明るいカラフルな花がちりばめられた、白いホールケーキをじっくりと眺める。

「じいちゃんや……俺が作ったものにそっくりだ。でも、上の花はバタークリームじゃないね。エディブルフラワー？」

「実咲くんにはすぐわかっちゃうよね」

これこそがみどりの秘策だ。

エディブルフラワーは食用花、つまり食べられる本物のお花である。

バタークリームで花を作るのは難易度が高くとも、これならそのまま花を飾るだけでデコレーションできる。

春文の写真をもとに、なるべく同じ種類で同じ色のエディブルフラワーを買って、同じ配置で飾った。バタークリームで作ったものがまるで本物の花のようなので、エディブルフラワーに代えても、どちらも美しさは変わらない。

「このケーキね、ほとんど春文さんがひとりで作ったんだよ」

「兄さんが？」

「あ、ああ。実咲のようにうまくはできなかったが……」

ぎこちなく頷く春文を横目に、実咲は椅子に座ってフォークを手に取った。ケーキの端っこに突き刺し、器用に切り分けて、紫のビオラの花ごと口に運ぶ。

ふんわり口溶けのいい生クリームとは異なり、バタークリームはしっかりとしたバターの濃厚さが持ち味だ。

この春文作の『お花のケーキ』にも、その持ち味は活かされているはずだが……。

「……うん、美味しい。見た目も綺麗だし、スゴいな」

「っ！　そ、そうか！」

世辞などない実咲のシンプルな褒め言葉に、春文は喜色を浮かべて「よかった……」と詰めていた息を吐く。

これで腹も括れたようだ。

春文は一、二歩と、実咲のもとに進み出る。

「実咲……僕は君に、ずっと謝りたかった」

「……昔のことなら、もういいよ」

「いいや、よくない。本当はもっと早く、僕から清算しなくてはいけなかったことだったんだ、きっと」

ぐっと、春文は拳を握った。実咲の瞳がようやく、春文を真正面から確《しか》と映す。

「いい兄になりたかったのに、あんな暴言を吐いて……実咲の好意を台無しにした。あれは僕の八つ当たりで、ただの身勝手だ。そのことを謝りたい」

あの時はすまなかった――。

そう真っ直ぐに頭を下げた春文に、さすがの潤も茶化すことはせず、はーちゃんと共に黙って事の成り行きを見守っている。

みどりもゴクリと固唾を呑んだ。

頭を下げたまま、春文は続ける。

「実咲の料理は、人を幸せにできるものだ。僕は作ってもらって嬉しかった。だからもし、実咲さえ許してくれるなら、また……その……」

口をもごもごさせたまま、肝心な台詞が出てこない春文に、実咲はたっぷり間を空けてからひとつ息を吐いた。「兄さんって、昔から大事なとこで締まらないよな」と笑い、穏やかなトーンで話し出す。

「あの頃さ、俺の料理を食べたことがある人って、じいちゃんと母さんだけだったんだ。でもじいちゃんは教えてくれる師匠だし、仕事が忙しい母さんは食べてくれてもなかなか感想を聞く機会もなくてさ。俺の料理を一番手放しで褒めてくれていたのって、たぶん兄さんだったよ」

「実咲……」

「兄さんの誕生日にケーキ作った時、隠れて泣いていただろう？　そんなに感動してくれたのかって、俺も作ってよかったなと思えた」

「な、泣いていたこと、知っていたんだな」

「兄さんはビジネスの場においても、もう少しポーカーフェイスを身に付けたほうがいいな。わかりやすすぎ」

手厳しい評価だが、春文は「そ、そうか、もっとポーカーフェイスを……」と生真面目に聞き入れている。これも彼の、あの頃になかった成長なのだろう。

それに実咲の態度は、明らかに砕けてきている。今のだって、弟から兄への軽口だ。

長く冷たい兄弟喧嘩が、もうすぐ終わろうとしている。

「でも俺も、兄さんの気持ちを考え切れていなかった……そこはごめん」

「み、実咲は謝ることなんてないんだ！　僕が……！」

「お詫びに恥ずかしい秘密を明かすと、あのペティナイフはまだ手入れして使っているんだ。大事なものだから」

「え……」

実咲は少し面映ゆそうに、厨房のほうを指差す。

春文はとっくに捨てられていると信じ込んでいたようで、ぼうっと呆けたあと、ついに感極まって目頭を押さえてしまった。

みどりはふうと、肩の力を抜く。

（なんだかんだ実咲くん……サプライズカップも店に出しているし、車も借りに行って

いるもんね)

素直になれなかったのは、兄も弟もお互い様というやつだ。

「今度は店にランチでも食べにおいでよ。身内割でリクエストも聞いてあげるよ。初回扱いするから、好きな植物も教えてね」

「す、好きな植物？　僕はそうだな……スイカズラが好きだな。『お花のケーキ』と一緒に、実咲が振る舞ってくれたお茶、確かスイカズラ茶だっただろう。調べたら綺麗な花だったな」

「……よく覚えているね」

スイカズラはツル性植物で、実は昔から『緑の家』の庭にも植えてあった。

細長の白い花を咲かせ、その花が白から黄色に変色する様から『金銀花《きんぎんか》』などとも呼ばれている。甘い香りを放つので、お茶にするだけでなくアロマなどでも人気の高い植物だ。

(そして花言葉は……いろいろあるけど、『きょうだいの愛』っていうのもあったよね)

みどりはもちろん知っているが、実咲は知った上で、ケーキと共にお茶として春文に出したのか。

あまり見られない気まずそうな実咲に、みどりは口にすることは止めておいた。春文にだけは教えてあげたい気もしたが、ここは学生時代の実咲の、最後の秘密を守ってあげることにする。

コンサバトリー内に満ちる、温かな空気。

それを受けて、冬越しを控えたエバーフレッシュの葉は、やれやれといったふうにライトの下で揺れていた。

――その後。

しんみりした空気を払拭するように、潤が「ここからは飲んで騒ぐぞ！」とウイスキーのボトルを開け、はーちゃんがキュイキュイと滑車を回し、パーティーは仕切り直しで始まった。

食べ物がケーキしかないため、結局バースデーボーイであるはずの実咲が厨房に立つことになったのだが、チーズと梨の生ハム巻き、ツナとマッシュルームのカナッペ、エビとブロッコリーのアヒージョ……などなどお酒に合いそうなおつまみを、何品も生き生きと生み出していた。

つまるところ、実咲はもてなされるより、もてなすほうが性に合っていたようだ。

わざわざ春文の前に、野菜や果物をありったけ使ったサンドイッチを出した時は、春文は瞬時に意味を悟ったらしい。

兄は弟のサンドイッチを「美味しい、旨い、最高だ」と褒めまくりながら、あの時食べられなかった分も食べていた。

ほろ酔いの潤が低い美声でいきなりバースデーソングを歌いだしたり、春文が何度も感涙したり、はーちゃんの帽子が回し車の回しすぎでどこかに飛んでいったり……。

夜の十時を越える頃まで、賑やかなパーティーは続いた。

＊　＊　＊

「ううっ……やっぱりこの時期、夜はもう寒いね」

「大丈夫？　手袋は？　もっとしっかりマフラー巻いておきなよ、風邪引くよ」

「だ、大丈夫だよ！　また子供扱いは止めてってば、実咲くん！」

過保護な実咲に、みどりは頬を染めて抗議する。

ふたりは冷えた空気に晒されながら、みどりの実家のほうまでの夜道を並んで歩いていた。

もう遅い時間帯なので、実咲がみどりを送って行くことになったのだ。

酔っぱらいの潤と、明日も早朝から仕事だという春文は、とっくに解散して各々帰路についている。

春文は別れ際、実咲にたまにでいいから、実家にも顔を出すよう頼んでいた。長らく顔を合わせていない父と母も、実咲に会いたがっている……と。実咲はそれに、「レストランの閑散期になったらね」と返していた。

なお、元気の有り余っているはーちゃんについては、今頃実咲祖父の書斎でミルワームをむしゃむしゃしていることだろう。

（はあ……一人前の女性として見てもらうには、まだまだかかりそう……）

夜風に溜め息を溶かすみどりは、しかしまだ本日の秘密兵器を実咲に渡していない。

実咲宛のプレゼントが入った、トートバッグの肩紐を強く握る。

みんなのいるところでは渡しにくくて、こんなギリギリになってしまったが、みどりは街灯のところで立ち止まった。

「あのね、実咲くんに渡したいものがあるんだけど……」

「ん？」

みどりの歩幅に合わせて、ゆっくり歩いてくれていた実咲もまた立ち止まる。住宅街の明かりは疎らなものの、彼の甘く整った顔を照らす街灯は少し眩しいくらいだった。

みどりはバッグからそれを摑み、勇んで実咲に突き出す。

「た、誕生日おめでとう！　これ私から！」

「もしかしてプレゼント？　開けていい？」

「どうぞ……」

ラッピングはギフト用の赤い袋に、金のリボンを結んだ簡単なものだ。しゅるりとリボンを解いて、実咲は中のものを取り出して広げてみる。

「エプロン……かな？　ははっ、可愛いな。刺繡も入ってる」

縫い目も綺麗な、黒いソムリエエプロン。

その裾の右側には、はーちゃんをイメージしたハリネズミが、二枚の葉っぱと共に小さく刺繡されている。また腰の部分にも、白い糸で実咲のイニシャルが入っていた。

「それね、エプロンから全部手作りなの」

「みどりが一から？」

「うん。お客さんの前ではさすがに使えないけど、私用エプロンとして普段使いしてもらえたらって……」

「いいや、明日から店で使うよ。お客様にも自慢したい」

「ええっ⁉」

からかわれているのかと思いきや、実咲はエプロンを手に本当に嬉しそうに、誇らしそうにさえしていて、みどりは止めてと言えなくなる。

明日から実咲の制服はこれになってしまうようだ。

(実咲くんにあげたものだし、使ってくれるだけで嬉しいけど……)

イニシャルを長い指先でなぞりながら、実咲は「ありがとうな、みどり」と微笑む。

「エプロンもだけど、兄さんのことも……みどりが働きかけたおかげだって、さっき兄さんから聞いたよ」

「わ、私はケーキの提案をしただけで……！」

「ううん、いつだって……俺の中で止まった大切なことを、また動かしてくれるのはみどりなんだ」

なにやら難しい言い回しだったが、みどりは褒められていることだけはかろうじてわかった。照れ臭くなりながらも、ごまかすように「そ、そうだ！　これ！」と葉っぱの刺繍を指差す。

「この葉っぱはね、モンステラなんだよ！　実咲くんが昔私の誕生日にくれた植物！　今でも家で育てているんだ」

「切り込みとか上手に表現されているね。覚えているよ、あげたこと。入学祝いにネックレスもあげたよな？　つけているとこが見られなかった……見たかったのにな」

「あ、あれも！　まだ持ってる！　こ、今度つけてくるね」

全部忘れていなかった実咲に、みどりは舞い上がって声が上擦る。プレゼントのお返しをもらってしまった気分だ。

しかし実咲は、覚えていなくてもいいことまで覚えていたようである。

「それにしても……ふっ、あの『なんでもひとつお願いを聞く券』を渡してきたみどりが、こんな立派なプレゼントを……ふふっ」

「ちょっ⁉　券のことは蒸し返しちゃダメ！」

「可愛かったけどね。みどりは今も昔も可愛いよ」

「……また子供扱いの妹扱い」

舞い上がっていた気分は一転、みどりは唇を尖らせて不貞腐《ふてくさ》れる。

前々からその疑いはあったが、実咲の『可愛い』は子供やペット向けである。はーちゃんをちやほやするのと同じ感覚だ。

子供扱いの妹扱い、プラスでペット扱いとは恋の成就は程遠い。前途多難すぎる。

そう、みどりは嘆いていたのだけれど……。

「ちゃんと大人の女性として見ているよ……って、口で言っても、みどりは信じないよね？」

「信じないよ！　実咲くんの態度でわかるし！」

「じゃあ、信じられることとしようか」

「へ」

実咲のエプロンを摑んでいたはずの指が、そっとみどりの頰に当てられる。

みどりが驚いて実咲を見上げれば、かつてないほど近い位置に、彼の高い鼻先があった。実咲の目の中には、ポカンとしたみどりの顔が映り込んでいる。

みどりはこれを知っている。

少女漫画とか恋愛ドラマで見たことがある。

『キ』から始まって『ス』で終わる二文字のやつだ。

（って、えっ⁉　な、なんでなんで⁉　なにがどうしてこうなっているの⁉）

内心は混乱を極めるも、みどりの体も喉も、呪いでもかかったように動かない。

このままでは本当に実咲とキスすることになるが、眼鏡って邪魔にならないかな⁉

とかアホなことばかりに思考が向き、別に嫌ではないのが困りものだ。

みどりは唯一動かせる瞼をぎゅうっと閉じた。

……そんなみどりを見つめて、実咲は「本当に可愛いなあ」と心底から思う。

誤解なきように言っておくと、実咲にとって出会った頃のみどりは、正しく幼い子供であり、まさに妹のような存在として見ていた。それ以上でも以下でもない。

だけれども——大切な女の子ではあった。

当時を振り返ると、春文からの拒絶と暴言は、実咲に大きなショックを与えたことは間違いない。

周囲の誰から高評価を得るより、新しくできた兄に自分の料理を食べてもらい、褒められることのほうが、実咲には価値があったのに……急に失うことになり、料理を作る手も重く鈍くなった。

ついにしばらくキッチンに立たなくなった実咲に、祖父は特になにも言わず、ただ孫のことを静かに見守っていた。

——祖父の家は実咲の箱庭だ。

植物たちに守られて、煩わしいことから束の間でも逃げ出せる、唯一の安らぎの場所。

そこで実咲は、行き倒れのみどりと出会った。

小さな女の子があまりにも悲愴な顔で、ぐーぐーお腹を空かせているものだから、なにか食べさせてあげたいと久しぶりに料理への意欲が湧いた。女の子は泣きながらキーマカレーを完食して、まるで救世主かのように実咲に感謝したが……救われたのは実咲のほうだ。

誰かに料理を「美味しい」と褒めてもらえる喜びを、再び思い出すことができた。

それがどれほど得難く、尊いものか。

きっとみどりは今も昔もわかっていないだろう。

一年ほど祖父とみどりと過ごし、実咲にとってますます箱庭は大事な場所になっていった。

だが……祖父の死という現実に、突如見舞われる。

祖父は老い先長くないことを悟っていたのか、病院に運ばれてから亡くなるまで、何度も実咲に同じことを伝えていた。

「遠回りしてもいいから、実咲は実咲のやりたいことをゆっくり見つければいい。それを見つけられたら、きっといつかすべてがうまく行く日が来るよ」

……と。

それは正しく、実咲への遺言だった。

祖父の死はすぐには受け入れられず、どこかずっと上の空だった実咲は、流されるまま父の会社を一度手伝ってみることにした。

なにか祖父の死を、忘れられるものが必要だった。

しかし、仕事は難なくこなせても、やりがいのようなものは感じられなかった。兄に歩み寄る気にもなれなくて、いつもどこか虚しかった。

虚しさが胸に巣くう度、なにげなくみどりに会いたくなった。

別れも告げず離れてしまった小さな女の子は、今頃どこでなにをしているのか。

懐かしんでいたところに、仕事の取引相手であり、ネット記事の対談なども行った誉から、いきなり「ハリネズミを一匹飼わない？」と電話が来た。のちのはーちゃんだ。

よく食べるそのハリネズミは、どことなくみどりに似ていて、思いがけず引き取って飼うことになった。

はーちゃんの食事風景を眺めて、またみどりを思い出す繰り返し。

その食べっぷりに笑っていると……少し目の前が開けて、じいちゃんの言う〝やりたいこと〟を見つけられた気がした。

そこから会社はサポート役に回り、祖父の家でレストランを開くために動き始めた。

実は春文と補佐的な仕事をしながらも、六条グループのホテルで働く料理人に、あれこれ指南やアドバイスをお願いするなどして、料理の腕は磨き続けていたのだ。

祖父の家も実咲が相続する形になっており、空けていた間も、掃除や植物の管理は人を雇って欠かさなかった。

そうこうしてオープンした『箱庭レストラン』はおおむね順調。

やはり植物に囲まれて料理をするのは落ち着くし、お客さんから「美味しい」という言葉を引き出せると達成感もある。だけど、常になんとなく物足りない。

そう思っていた時に、ひょっこり大人になったみどりと再会したものだから、実咲は彼女を逃すまいと密かに必死だった。雇う予定のまったくなかったバイトまで、さも探していた体を装うくらいには……。

みどりを大事にしたい、可愛いなと想う気持ち。

最初は、妹のように世話をしていた対象への、庇護欲がまた疼いたのかなと考えていた。

でも共にいるうちにすぐ、これは恋だと自覚した。

実咲はもうとっくに、みどりを子供扱いも妹扱いもしていない。ひとりの大人の女性として惹かれている。

植物を語る時に目を輝かせるところや、すぐ相手に感情移入するところ、相変わらず食べっぷりのいいところなどなど、好きな点をいくらだって挙げられるのだ。春文との一件も取り成してくれたと知り、惚れ直してさえいる。

しかしながら、こちらから急に積極的になりすぎると、初心《うぶ》なみどりには逃げられてしまうかもしれない。

もちろん、彼女をこの箱庭から逃がすつもりはないし、二度と自分から離れるつもりもないけれども……作戦は慎重にいかなくてはいけないのだ。

植物を育てる一番のコツは、その植物に適した環境を用意してあげること。

みどりがもっと実咲を好きになってくれるように、胃袋を摑んで甘やかして、ゆっくり恋が育つ環境を整えることが、実咲の作戦だ。


(それでもあんまり俺の気持ちが伝わってなさすぎると、ちょっとムカッと……俺もまだまだガキだなあ)

〝大人の女性扱い〟をわからせるために、こうやって仕かけてはみたものの、もちろん本気でキスなどするはずがない。ステップをすっ飛ばすのは、作戦としては大変な悪手だ。

なにより好きな子を困らせる趣味は、実咲にはなかった。

「……なんてな」

「わっ！」

みどりの頰に添えていた手を、彼女の丸い頭に伸ばす。

いつもより少しだけ乱雑にくしゃりと撫でてやれば、みどりは閉じていた目を開いて飛び上がった。

「も、もう！　ビックリしたよ！　前から言いたかったんだけど、質の悪いイタズラはダメだよ！『なんてな』でごまかすのもなし！」

「ごめんごめん、誕生日ってことで許してよ」

「……実咲くんって、天然女タラシって言われない？」

「潤のほうがそうだろ。俺は一途な男だよ」

耳まで真っ赤にして噛みつくみどりは、なんやかんや実咲にキスなどされなくて、ホッとしているのが丸わかりである。

実咲は隠れて苦笑すると、丁寧に丁寧にエプロンを畳んで袋にしまった。「帰ろうか」といつもどおりを意識して声をかけ、街頭の灯りの下から歩みだす。

しかし、みどりがついてくる気配はない。

（ヤバいな……やっぱり困らせた？）

昔から、グルグル考え込む癖があるみどりのことだ。

明るい素振りをしていても、実咲の行動の意図を今必死に考えているかもしれない。

実咲は己の行いを改めて反省し、顔には出さずめちゃくちゃ焦るも、その矢先にみどりが動いた。

「え……」

突進する勢いで駆けてきたかと思えば、ほんの一瞬押し付けられた、柔い唇の感触。頬にキスされたとわかって、実咲は束の間呼吸を止める。

「み……みどり、今のは……」

「し、仕返し的な？　昔は背伸びしても実咲くんに届かなかったけど、今はこうして届くんだから！　ちゃんと大人扱いしてよね！　……っと、言いたかったです！」

「だから、しているって……」

このくらいで熱を持つ自分がカッコ悪くて、実咲はフイッと視線を逸《そ》らす。おいていくつもりなどは毛頭ないけれど、心なしか早く足を動かせば、「あっ！　実咲くん待ってよ！」とみどりが追いかけてきた。

（まったく、敵わないな）

敗北感はあれど悪い気はしなくて、軽やかな気分で仰いだ夜空には、欠けなどない満月が浮いていた。

人生で一番満たされた誕生日だったかもしれないと、実咲は人知れず笑った。

エピローグ

アパートの自室を出る前、玄関の壁にかかっている姿見で、みどりは全身をチェックする。

「服はこれでよし！　化粧や髪型は……まあ、及第点？」

一週間前に実咲の誕生日に着た、白のニットワンピース。それにモスグリーンのロングカーデを羽織り、少し落ち着いて大人びた雰囲気に変え、黒のショートブーツで全体を引き締めた。

薄く施した化粧やハーフアップにまとめた髪型は、何度見てもあと一歩な仕上がりだが、やり直している時間もない。

そして首元にはあの、緑のパワーストーンが光るネックレス。

——週末の今日は、実咲と隣町のコンサートホールで、オペラ歌手の舞台を観に行く予定だ。

春文が実咲に贈った舞台のペアチケットは、案の定、実咲の琴線にはまったく触れなかったものの、「せっかくだから観に行こうか」とみどりがペアのお相手に誘われた。

みどりの返事はイエス以外有り得ない。

空は朝から、青く澄み渡るような秋晴れ。

お出かけ日和である。

(これって……デートって言っていいのかな)

いつぞや、弁当屋の先輩とお試しデートをした時にはなかった、ソワソワ感に口元がむずつく。

だがその流れで、みどりが一週間前にしでかしたことも頭に蘇ってしまった。

夜道で実咲に仕かけた、大胆すぎる行動。

一気に羞恥心で悶え転がりたくなる。

(なんでなんで、あんなことしちゃったかな⁉ 実咲くんがキスのフェイクなんてしてくるから悔しくて、カッとなってやっちゃったというか……!)

突発的犯行に走った犯人の、定番の言い訳だ。

わーわーひとりで騒いでいるうちに、いよいよ出なくてはいけない時間になってしまった。

みどりはズレた眼鏡をかけ直し、モンちゃんに「行ってきます!」と告げると、慌ただしく外へと飛び出した。

待ち合わせ場所は『緑の家』だ。

舞台は午後一時開演で、たまにはどこかで外食してから向かう予定。

移動手段は実咲の車……ではなく、正しくは春文の車なのだが、春文は「なんだったら僕が送迎しようか？」と実咲に打診していた。他にもあれこれ世話を焼きたがったそうだが、実咲は丁重に断ったという。

（春文さん、仲直りした弟を隙あらば構いたいんだろうなあ……）

長年の隔たりが解消された反動だろうが、逆に今度は鬱陶《うっとう》しがられないか少々心配である。

なお本日、みどりはもともとバイトのシフトはお休みだったが、レストランには前日に飛び込み予約が入っていた。実咲のそのお仕事が終わってから、ふたりで出かける手筈だ。

「失礼します……」

急いだら早めに着いたため、まだお客様もいるかも……と、みどりはそろりとレストランに入る。

しかし、いたのは実咲だけで、彼はコンサバトリーのほうで使用済みのティーセットの片付けをしていた。

太陽の光が四方のガラスを透過し、観葉植物たちの葉をキラキラと照らしている。微かに残る香りは、コーヒーとチョコレートか。

本日のデザートは、実咲が前々から試作していたオレンジピール入りのガトーショコラかもしれない。その甘い香りも相まって、優しいまどろみの中にいるような空間ができあがっていた。

そこでカップを手に佇む実咲もまた、なんとも絵になっている。

腰に巻いているソムリエエプロンが……みどり作のものなのは、みどりからすれば微妙なところだが。

（お客様には「ハリネズミの刺繍が素敵」って、好評ではあるけどね）

モデルになったハリネズミのほうは、今頃二階でスヤスヤ寝ているだろう。みどりとはーちゃんは特に食べっぷりが似ているそうなので、きっとお腹いっぱいで幸せな夢でも見ているに違いない。

そこでふと、みどりに気付いた実咲が顔を上げる。

「来ていたんだね、みどり」

「うん、さっき着いたの！　お疲れ様、実咲くん。それ片付けたらすぐに出られそう？」

「ああ……」

「ん？」

実咲は作業の手を止めて、みどりをじっと見つめる。

次いで愛おし気に瞳を細めて、「似合っているな」と言った。

一瞬なんのことかみどりにはわからなかったが、実咲が自分の首元をトントンと指先で突いたことで、やっと合点がいった。ネックレスのことだ。

「そ、そうかな？　ありがとう」

「俺の見立てに狂いはなかったって、七年越しに証明されたね。つけているところを見られて念願叶ったよ」

「私も実咲くんにずっと見せたかったから……再会できて、本当によかった」

この箱庭で出会って、またこの箱庭で再会できたこと。

そのことに、みどりは何度となく感謝する。

植物たちがふたりを導いてくれたのかも……なんて、夢見がちな上に植物ヲタクらしい妄想も考えた。あとはこの初恋が叶えば、言うことなしである。

（実咲くんにも恋してもらえるよう、頑張るぞ！）

……言うほど頑張る必要もないのだけれど。

それはみどりのあずかり知らぬことだ。

「どこかで外食のつもりだったけどさ、時間あるしパスタとかならサッと作れそうなんだよな。外食と俺の料理、どっちがいい？」

「え、それ私に聞いちゃう……？　実咲くんの料理しか選べないよ！」

「了解。あとオペラ会場の近くに、大きい園芸店があるみたいなんだ。観葉植物はシーズンオフだし、あまりないかもしれないけど、オペラのあとに寄ってみても……」

「行く！」

「ははっ、即答」

ビシッと挙手するみどりに、実咲はおかしそうに笑う。

実咲が笑ってくれるとみどりも嬉しくなって、一緒になって笑い合った。

いつだってふたりの周りには、たくさんの植物と美味しい料理、そして共に過ごす幸せがあふれている。

あとがき

こんにちは、編乃肌です。

本書をお手に取っていただき、心よりお礼申し上げます。

植物をテーマにしたお話が大好きで、ファン文庫様でも以前、お花屋さんを舞台にした『花屋ゆめゆめ』シリーズを出させていただきました。今回のメインはお花ではなく観葉植物、そこに美味しい料理と甘酸っぱい初恋を添えて……と盛り沢山なのが、この『緑の箱庭レストラン』です。

観葉植物、いいですよね！　お家時間が増えてしまった昨今、自宅でガーデニングを始める人も増えたのでは？　と思います。

でもなかなか、植物を上手く育てることは難しいという方にも、観葉植物はオススメです。作中でみどりも言っていましたが、なにより育てやすさが魅力的で、身近に置いておきやすいです。

私もいくつか育てていて、特に種から見守ってきた親指サイズの花サボテンたちは、花が咲くのが日々待ち遠しいです。

そういった、日常のささやかな楽しみのひとつにもなりますので、もし本書を通して観葉植物に興味を持っていただけたら、ぜひお気軽に挑戦してみてください。

植物を好きになって、ついでにお腹が減ってキュンとくる……そんな一冊になっていましたなら幸いです。

最後に。イメージどおりなキャラたちと、美しい植物を手掛けてくださったジワタネホ先生。こんなレストランで食事したい！　と思わせる、素敵なイラストは宝物です。はーちゃんも可愛すぎです。

編集の方々には的確にご指導賜り、この度も大変お世話になりました。アイディアの段階からとっても助けていただきました。

そして読者の皆様へ、ありったけの感謝を込めて！　また機会がございましたら、箱庭でご来店お待ちしております。

本当にありがとうございました。

どこかでまたお会いできますように。

編乃肌　拝

この物語はフィクションです。
実在の人物、団体等とは一切関係がありません。
本書は書き下ろしです。

■参考文献

『はじめての観葉植物の手入れと育て方』橋詰二三夫、谷亀高広（ナツメ社）
『観葉植物図鑑：いま人気のインテリアグリーン』渡辺均（日本文芸社）
『ガーデン植物大図鑑』（講談社）
『はじめてでもできる小さな庭づくり（基礎の基礎からよくわかる）』小黒晃、木村卓功（ナツメ社）
『薔薇の便利帳―楽しむ、育てる、咲かせる812種』（主婦の友社）
『つるバラの選び方・育て方・仕立て方：憧れのバラのアーチが作れる』村上敏（誠文堂新光社）

編乃肌先生へのファンレターの宛先

〒101-0003　東京都千代田区一ツ橋2-6-3　一ツ橋ビル2F
マイナビ出版　ファン文庫編集部
「編乃肌先生」係

ファン文庫

緑の箱庭レストラン
～初恋の蕾と再会のペペロンチーノ～

2022年5月20日　初版第1刷発行

著　者　　編乃肌
発行者　　滝口直樹
編　集　　山田香織（株式会社マイナビ出版）、須川奈津江
発行所　　株式会社マイナビ出版
〒101-0003　東京都千代田区一ツ橋2丁目6番3号　一ツ橋ビル2F
TEL 0480-38-6872（注文専用ダイヤル）
TEL 03-3556-2731（販売部）
TEL 03-3556-2735（編集部）
URL https://book.mynavi.jp/

イラスト　　ジワタネホ
装　幀　　雨宮真子＋ベイブリッジ・スタジオ
フォーマット　ベイブリッジ・スタジオ
ＤＴＰ　　富宗治
校　正　　株式会社鷗来堂
印刷・製本　中央精版印刷株式会社

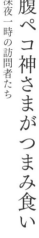

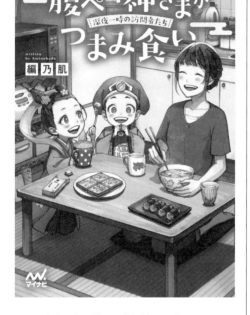

Fan
ファン文庫

女王の番犬

著者／青木杏樹
イラスト／藤ヶ咲

女王エリザベス二世に仕える元罪人
ブラッドフォードが暗躍する戦乱ファンタジー

戦乱が続いていた中央・東端・西部の三国はついに停戦条約を結ぶことになった。しかし会談の日が迫ったある日、オリヴィア王国の君主の証である『エリザベスの鏡』が何者かに盗まれる。